문지스펙트럼

외국 문학선
2-014

탱 고
——라틴아메리카 환상 문학선

루이사 발렌수엘라 외
송병선 옮김

문학과지성사

외국 문학선 기획위원

김주연 / 권오룡 / 성민엽

문지스펙트럼 2-014

탱 고
—라틴 아메리카 환상 문학선

지은이 / 루이사 발렌수엘라 외
옮긴이 / 송병선
펴낸이 / 채호기
펴낸곳 / ㈜문학과지성사

등록 / 1993년 12월 16일 등록 제10-918호
주소 / 서울 마포구 서교동 395-2(121-840)
전화 / 편집부 338)7224~5 영업부 338)7222~3
팩스 / 편집부 323)4180 영업부 338)7221
홈페이지 / www.moonji.com

제1판 제1쇄 / 1999년 10월 18일
제1판 제2쇄 / 2005년 4월 22일

ISBN 89-320-1108-7
ISBN 89-320-0851-5

탱 고

— 라틴아메리카 환상 문학선

기획의 말

　요즘 '환상 문학' '판타지 문학' 이란 말이 심심치 않게 들려온다. '환상 문학' 이 세계 문학의 주류를 형성하고, 통신 문단에서 '판타지 문학' 이 네티즌들의 관심을 끌면서 이 두 용어는 우리 문학에 친숙한 말이 되었지만, 아직도 그것들의 차이는 제대로 구별되지 못한 채 무분별하게 사용되고 있다. 환상 문학과 판타지 문학이란 용어는 유사한 듯이 보인다. 환상 문학은 21세기를 이끌 문학으로 여겨지는 반면에, 판타지 문학은 아직 '문학성' 이란 측면에서 많은 비판을 받는다. 그것은 바로 환상 문학이 전통적인 문학 구조에 대한 반발이며 혁명이었지만, 판타지 문학은 문학 형식의 의식 없이 단순히 현실 세계에 존재하지 않는 요소들만을 사용하는 데 그치기 때문이다.

　20세기의 환상 문학은 라틴아메리카 문학에서 시작했을 뿐만 아니라, 그 절정도 라틴아메리카 문학에서 이루어진다. 그러나 국내의 독자들이 라틴아메리카 환상 문학을 음미하기란 쉽지가 않다. 이 책은 라틴아메리카 환상 문학의 흐름을 보여주고, 위기에 처한 한국 소설이 어떻게 탈출구를 찾아야 할 것인지에 대해 방향을 제시하기 위해 기획되었다.

지금까지 국내에는 두 권의 라틴아메리카 문학 선집이 출간되었지만, 그것들은 모두 라틴아메리카 단편소설의 대표작을 선정하는 데 치중하고 있다. 반면에 이 책은 환상 문학적 관점에서 라틴아메리카 문학의 다양한 양상들을 보여주기 위한 것이다. 20세기가 마감되는 이 시점에서 우리는 라틴아메리카 환상 문학의 미래를 예언할 수는 없다. 그러나 이런 작품들이 현대 문학을 변화시켰다는 것은 확실하게 말할 수 있다. 따라서 그들은 20세기 소설의 스승들이다. 그래서 그들의 환상은 세계 문학에 커다란 반향을 불러일으켰을 뿐만 아니라, 영화나 철학, 사상, 예술 분야에 광범위한 영향을 끼쳤다.

라틴아메리카의 환상 문학은 주변부에 머물던 그들의 문학을 세계 문학의 중심부에 자리잡게 만든 주인공이다. 이것은 유럽과 미국으로 대표되던 제국주의 언술을 대체하고 해체하려는 주변 문화의 의식적인 창작 행위였다. 이런 라틴아메리카 환상 문학의 특징은 무한한 해석을 가능하게 만든다. 그것은 독자들이 각자 나름대로 해석할 수 있다는 것을 의미한다. 천천히 깊게 읽는다는 것, 즉 독자들이 한 번 읽고 버리는 책이 아니라 여러 번 읽으면서 자신들의 텍스트를 만드

는 것이 바로 진정한 환상 문학으로 나아가는 길이며, 위기
에 처한 우리 문학이 추구해 나아가야 할 길이다.

1999년 9월
기획위원

차례

세이렌의 노래
El canto de la sirena

미겔 카네

　나는 브로스보다 더 활동적인 사람을 본 적이 없다. 그는 러시아 출신이었지만 1년 전에 이곳으로 왔고, 외모만 보아도 그가 러시아 출신이라는 사실을 익히 떠올릴 수 있었다.

　브로스는 학교에서 나와 뜻이 잘 맞았다. 사실 학교는 서로 돕고 도와주는 친밀한 우정이 너무도 필요한 곳이었다. 그는 놀랄 정도로 논리적이고 체계적인 머리를 지니고 있어서 초인적인 통찰력이 요구되는 공부에 적합했다. 그리고 실제로 그는 그런 분야에서 두각을 나타내고 있었다. 브로스는 프랑스 사람이었던 유명한 우리 철학 선생님의 기를 죽이곤

미겔 카네 Miguel Cané(아르헨티나, 1851~1905): 최근 들어 라틴아메리카 환상 문학의 흐름이 연구되면서 비로소 빛을 보게 된 작가. 문인이자 정치가·외교관·교육자로 활동함. 이런 다양한 경력을 바탕으로 여러 장르의 작품을 씀. 주요 작품으로는 『여행중에』(1884), 『문학 여담』(1885), 『에세이들』(1887), 『가벼운 산문』(1903) 등이 있음.

했다. 그 선생님은 절충주의 학파의 대표자인 쿠쟁의 흔적을 겸허하게 따르고 있었다. 그렇지만 브로스는 플라톤을 공부하고 있었다. 사실 소크라테스의 제자가 경험했던 것은 말로 표현할 수 없을 정도로 달콤한 것이었다. 반면에 나는 현대 철학가들을 사랑하고 있었고, 그 중에서도 특히 데카르트는 내게 감미로운 맛을 선사한 사람이었다.

의무적으로 기숙사 생활을 해야만 했던 이 학교의 마지막 학년말 시험이 있기 대략 한 달 전의 어느 날이었다. 우리는 수학의 이성적 법칙을 10시간 동안이나 계속해서 공부했다. 나는 머리가 아파오고 있었고, 이마는 불처럼 이글거렸다. 그리고 시간이 지남에 따라 내 가련한 육체는 제발 좀 쉬고 안정을 취할 것을 원하고 있었다.

나는 소파에 기대어 있었다. 그런 동안 브로스는 그의 변치 않는 진지하고 냉정하며 침착한 얼굴로 칠판에 아주 복잡한 문제를 풀었다.

나는 가여운 목소리로 그에게 말했다.

"브로스, 잠시 쉬는 게 어때? 피곤해 죽겠어. 그래서 공부를 해도 별로 능률이 오르질 않아."

"피곤해? 좋아, 그럼 잠시 눕도록 해. 난 아직 잠이 오지 않아. 플라톤을 읽고 싶어."

나는 잠자리에 누워 내가 간직하고 있던 변치 않는 습관을 따랐다. 그것은 내가 술에 고주망태가 되었던 밤에도 잊어버

14

리지 않았던 것이다. 나는 도망치는 잠을 내 눈으로 가져오기 위해 책을 집어들었다. 갖가지 장르가 어수선하고 엉망진창으로 널려진 책들 속에서 나는 우연히 그날 내게 도착한 책을 집어들었다. 그 책의 저자는 다름아닌 에드가 앨런 포였다. 브로스와 나는 그의 이름만 알고 있었을 뿐이었다. 나는 그 책을 펼쳤고, 내 눈은 영국 작가가 인용한 대목에 멈추었다. 그 대목은 고상한 몽상가가 쓴 아주 독창적인 어느 단편의 헌사로 사용된 것이었다. 그 인용 구절은 이렇게 말하고 있었다. "세이렌들은 무슨 노래를 불렀을까? 아킬레스가 여인들 속으로 숨었을 때 무슨 이름을 사용했을까? 이것은 사실 매우 어려운 문제지만 연구할 수 없는 문제도 아니다."

"브로스, 이 인용문 좀 봐. 얼마나 신기한지 한 번 봐. 내가 포에 관해 알고 있는 한도 내에서 본다면, 이 대목은 그의 모든 작품을 전반적으로 요약하는 대목 같아. 그가 이 헌사를 바친 사람은 분명히 아주 놀라운 분석력과 더불어 불굴의 의지를 지녔을 거야."

브로스는 조용히 그 책을 집어서 인용 부분을 읽었다. 그리고는 미소를 짓고서 다시 자기가 읽던 책으로 돌아갔다.

나는 계속해서 그 책을 읽었다. 내 기억이 잘못되지 않았다면 그 작품은 「황금 풍뎅이」였다. 아주 힘차고 예쁘며 단순한 그의 문체는 나를 작품 속으로 몰입하게 만들기 시작했다. 그런데 그때 나는 브로스를 유심히 쳐다보게 되었다. 그는 더 이상 책을 읽지 않고 있었으며, 책은 그의 무릎에 펼쳐진 채 있었고, 그의 눈은 멍하니 허공을 바라보고 있었다. 그것은 그가 자기 머리에 깊이 뿌리 박힌 생각에 골몰하고 있음을 보여주는 것이었다. 이런 희열감은 그에게는 이미 친숙한 것이었으며, 나는 그런 모습을 항상 높이 사고 있었다. 그의 정신 연령은 나보다 훨씬 높았기 때문에, 나는 그에게 농담을 건넬 생각도 하지 못했다. 그가 아주 유치하기 그지없는 내 약점을 용서하는 것처럼, 나도 그의 터무니없는 생각을 존중하고 있었다.

브로스는 계속해서 깊은 생각에 빠져 있었다. 마침내 그는 자세를 흐트러뜨리지도 않고, 얼굴에 아무 표정도 짓지 않은 채, 천천히 이런 말들을 중얼거렸다. 그것은 그의 생각에서 우러나온 것 같았다. "세이렌의 노래! 그래 맞아…… 그렇지 않다는 법도 없지? 의지, 불굴…… 그래, 바로 그것이 무기야! 시간, 그것과 맞서 싸워야 하는 것이야. 그러면 진실이라는 승리를 맛볼 수 있어!"

나는 다정히 말했다.

"브로스, 뭘 생각하고 있어?"

그는 내게 아무런 대답도 하지 않았다. 나는 포에 관해서가 아니라 그의 생각에 관해 말하기로 마음먹었다.

"그런 환상이 가능하다고 생각해?"

그러자 그는 즉각적으로 대답했다.

"가능하냐고 묻는 거야? 물론 가능하지, 이 친구야."

브로스는 나를 보통 '이 친구야'라는 애정 어린 말로 부르고 있었다.

"그런데 브로스, 왜 그런 하찮은 생각에 몰두하는 거야? 플라톤이나 읽어. 그것은 진실을 말하고 있잖아. 그러니 몽상이나 꿈꾸는 이 영국 작가는 잊어버려. 몽상이란 말이 거슬리면 시적이라고 말하지. 그렇지만 어쨌거나 몽상이야."

"다니엘(나는 독자들에게 내 이름이 다니엘이라고 말하는 것을 잊어버렸다), 그건 잘못된 생각이야. 네 실수란 말이야. 모든 전설과 모든 전통의 내부에는 항상 진실이라는 불변의 기초가 있어. 전설은 마치 대지와도 같은 거야. 흙이나 진흙, 심지어는 석회 껍질을 벗겨내면, 대지의 기초를 이루는 화강암을 발견할 수 있지. 우주로부터 탄생되는 인간의 정신은 존재하는 것 이상의 것을 창조할 수 없어. 화가들은 모두 자연을 그려. 적어도 처음에는 볼 수 있는 것을 그리지. 또한 꿈의 화가라고 일컬어지는 시인들도 자기 자신 속에 존재하지 않는 것에서 작품의 영감을 받을 수는 없어."

잠은 이미 사라져버렸다. 나는 브로스의 영향을 받아 이내 잠을 떨쳐버렸다. 그것은 말할 수 없이 우월한 존재가 지닌 마력과 같은 것이었다.

"플라톤의 제자치고는 정말로 이상한 이론이군! 훌륭한 이론이 되기 위해서는 성공적인 분석을 통해 모든 결과를 이끌어내야 한다는 사실을 명심해. 네 이론 속에는 하느님의 목소리가 시나이의 땅을 진동케 했으며, 홍해의 바닷물이 모세의 지팡이 앞에서 열렸다는 것과 똑같은 말이 담겨 있어."

"다니엘, 내가 말하고 있는 것은 이성의 지식이 날조되었다는 거야. 즉, 전설과 전통이 그렇게 되었다는 것이지. 뜨거운 열정을 느껴 신앙의 환희에 도달하는 순간, 모세가 전율하는 그의 영혼에게 말하는 폭풍의 오만한 목소리를 하느님의 말과 혼동하지 않았다는 법은 없잖아? 왜 그런 것이 자연 현상이라는 것은 깨닫지 못한 채, 기적이라는 편견으로 보아야 하는 거지? 아니야, 다니엘. 모든 것의 싹은 존재하는 법이고, 자연의 힘이라는 숙명적인 영향 아래서 수세기를 지나오는 동안 무한히 다듬어지는 거야. 그렇게 모든 재료는 변하는 것이고, 정신은 불투명하건, 환히 빛나건간에 자기 주위를 돌고 있는 거야. 플라톤이 바보라고 치부한 사람은 갈[프란츠 갈: 독일의 해부 학자로 뇌신경의 구조와 기능에 관한 골상학(骨相學)을 발표함: 옮긴이 주]의 재주일 수도 있고, 디오게네스의 샌들은 오늘날 멋진 숙녀의 목을 장식하는 하얀 진주일 수도 있어."

"브로스, 난 네가 이렇게 말하는 것을 한 번도 들어본 적이 없어. 도대체 오늘 왜 그래? 왜 이렇게 흥분해서 야단이지?

자, 마음을 가라앉히도록 해. 그리고 조용히 공부나 하고 잠이나 자도록 해."

"불쌍한 다니엘! 넌 내 말이 맞을까봐 겁내는 거지? 오, 이건 바윗돌처럼 단단한 이론이야. 인간이 탐구하지 못할 것은 없다는 그 작가의 대담성은 정말 존경스러워. 그래서 나는 형언할 수 없는 매력을 느끼는 거란 말이야! 나는 보다 심오한 연구에 전념하고 싶어. 내 모든 인생을 바쳐 연구할 수 있는 것 말이야! 내가 아마도 할 수 있는 것은……"

"세이렌의 노래를 연주하겠다는 거야?"

"그렇게 하지 못하라는 법도 없잖아?"

"뭐라고! 너는 아주 감미로운 목소리와 거스를 수 없는 매혹으로 바다 한가운데서 서툰 뱃사람들을 멈추게 한 그런 동물들이 진짜로 있다고 믿는 거야? 반은 물고기고, 반은 여자인 그런 혼합된 존재는 모든 자연의 법칙과는 동떨어져 있다고 생각하지 않아? 조용한 밤에 흐르는 바다의 고독처럼 시를 창작하기에 적당한 것은 없다는 것을 너도 알잖아. 당시의 뱃사람들은 마음속으로 이런 자연의 조화에 강한 충격을 받았던 거야. 그래서 경탄스런 현상이 몽상으로 구체화된 것이지. 뱃사람들은 창조되고 형성된 조화로운 속성 속에서 감미로운 목소리가 나온 것임을 깨닫지 못했던 거야. 이 감미로운 목소리는 물거품 이는 파도 한가운데서 나온 것인데, 이것을 모르던 뱃사람들이 그 소리에 유혹을 당해 대양의 심장부에 있던 신비한 동굴로 이끌렸던 것이야."

"인간의 역사보다 훨씬 먼 시절, 그러니까 우리의 생각이
미치지 못하는 시절에 본래부터 말하는 기관을 지닌 물고기
들이 없었으리라고 누가 감히 말하겠어? 오늘날에도 바다를
나는 물고기들이 있잖아? 그런데 왜 노래하는 물고기가 있
다는 사실을 전적으로 부인하는 거지? 태양이 형성된 초기
시절에 내뿜던 햇빛처럼, 상상이 물고기를 바다의 신으로 혼
동했을 당시에 무엇이 그토록 그 목소리를 매력적으로 만들
었을까? 오, 그게 바로 세이렌의 노래란 말이야!"

나는 입을 다물었다. 브로스의 말은 나를 적지 않게 놀라
게 했다. 나는 포의 주장이 너무나 설득력이 없어서 사람들
을 화산 같은 상상력과 야성적인 힘으로 치닫게 할 수는 없
으리라고 생각했던 것이다.

*

브로스는 나와 함께 학교를 졸업했다. 강의실을 떠날 때
그는 모든 선생님들의 지식을 합친 것보다도 더 많이 알고
있었다.

그는 거의 음악에만 전념했으며, 첼로에 기대어 온종일을
보내곤 했다. 그것은 그가 가장 좋아하는 악기였다.

그는 절대로 사람들과 만나지 않았다. 다른 사람들과 떨어

진 채 상속받은 싸구려 하숙집에서 혼자 살았다. 젊은 시절의 머리칼은 인생의 여명 속에서 희어지기 시작했지만, 육체의 활력은 그의 눈 속에 모두 숨어든 것 같았다. 그의 눈은 불빛을 일렁이며 열을 내뿜듯이 반짝이고 있었다.

그가 이 땅에서 간직한 유일한 친구는 나뿐이었다. 내가 그를 방문하러 가면, 그는 내게 다정한 시선으로 손을 내밀면서 "아직 아무것도 이루지 못했어"라고 절망적인 어조로 말했다. 그러고 나서 아무 말도 하지 않았으며, 내 말을 듣는 것 같지도 않았다. 그는 속세와는 너무나 동떨어져 살고 있었기 때문에, 나는 절대로 사람들에게 그에 관해 말하지도 않았으며, 그를 사회의 소용돌이 속으로 이끌려고 노력하지도 않았다. 나는 그를 방문해서 공부하면서 명상에 잠기고 차분했던 시절로 돌아가곤 했다. 나는 철학과 역사, 자연과학과 최근의 발명들을 비롯해 우리가 함께 공부하지 못했던 모든 지식 세계에 관해 말했다. 그는 나와 헤어지면서 다정하게 악수를 했을 뿐, 그 이외에는 아무 말도 하지 않았다.

그런데 어느 날 나는 한 통의 편지를 받았다. 그 편지에는 이렇게 씌어져 있었다.

다니엘,
너는 나의 유일한 친구였어.
난 아직 아무것도 이루지 못했단 말이야!

그래서 나는 떠나.

하지만 실망하진 말아. 언젠가 널 만날 테니까.

　　　　　　　　　　　　　　　　　　—브로스로부터

　나는 마음이 심하게 아파왔다. 하지만 내가 그의 발걸음을 멈추려고 뛰어갔을 때는 이미 너무 늦었다. 그는 아무도 자기가 어디로 가는지 모르게 이미 떠났던 것이다.

　브로스는 내가 이 지구상에서 가장 존경했던 사람이었다. 내게 있어서 그는 초인적인 천재의 면류관을 쓴 사람이었고, 심지어 잠자고 있을 때조차 나는 그를 그런 모습으로 보고 있다고 믿었다. 단 하나의 환상적 대상에 그의 뛰어난 지적 능력 — 즉, 무엇이 세이렌의 소리였는지를 확인하는 것 — 을 바친다고 생각하자, 나는 온몸이 떨렸으며 그런 느낌을 내 마음속에서 절대로 지울 수가 없었다.

　어린 시절에 읽었던 호프만의 작품이 세월이 흐르면서 막연한 회상으로 변해가듯이, 점차로 브로스에 대한 기억도 희미해져가고 있었다. 나는 계속해서 격동적인 인생을 살았고, 브로스라는 이름은 희미하게 빛나는 기억이 되어버렸다. 그런 희미한 빛조차도 내가 가슴속에 품은 그에 대한 애정 때문에 간직되고 있었다.

*

　브로스의 작별 편지를 받은 지 15년이란 세월이 흘렀다. 나는 독일을 여행하고 있었다. 그러나 이제는 젊은이의 열정이 아니라 중년답게 모든 것을 차분한 마음으로 둘러보면서 여행하고 있었다.

　이탈리아가 예술가들의 조국이듯이 독일은 시인들의 땅이었다. 시라는 것은 항상 내면적이고 주관적이다. 시는 영혼 깊숙이 존재하며, 이런 고상한 손님을 지닌 사람들은 속세와 멀리 떨어져 자기 내부 세계의 신비스런 감정에서 우러나오는 영감을 마시며 살아간다. 이탈리아 사람들은 꽃이 꽃봉오리를 열 듯이 뜨거운 태양의 열기 속에서 자신들의 영혼을 연다. 반면에 독일 사람들은 겸손한 함수초(含羞草)처럼 밤의 적막 속에서 영혼의 나래를 펼친다. 이탈리아에서는 무한성이 형식이지만, 독일에서는 무한성이 사상이었던……

　어느 날 나는 아주 멋지고 독특한 어느 조그만 마을에 있는 정신병원을 방문해달라는 초대를 받았다. 그곳은 독일의 린 강을 영원히 지켜주는 중세의 수많은 성(城)의 그림자 아래서 잠자는 마을이었다. 아주 훌륭한 의사 한 명이 그 병원을 보살피고 있었는데, 그곳에는 이삼십 명 정도의 정신병자들만이 수용되어 있었다.

정신병의 유형과 그 병들을 치료하는 방법들에 관해 원장의 설명을 들으며, 나는 정신병 치료에 감탄할 정도로 알맞게 지어진 그 건물을 돌아보고 있었다. 그때 나는 첼로의 슬픈 메아리를 들었다.

순간 나는 몸을 떨었다. 왜냐하면 영혼의 신비스런 예언과 같은 어떤 생각이 나를 갑자기 놀라게 했기 때문이었다. 나는 차마 물어볼 용기가 나지 않았다.

그런데 원장이 내게 말했다.

"이토록 달콤하게 첼로를 켜는 불운의 주인공은 내가 평생 동안 알았던 사람 중에서 가장 시적인 정신병자요. 이미 늙었지요. 별로 말을 하지는 않지만, 그의 말 속에는 청춘의 신선함 같은 것이 깃들여 있어요. 그는 평생 동안 아주 이상하기 그지없는 문제를 해결하려고 노력하면서 그 해답을 찾아다녔어요. 그건 바로 세이렌의 노래가 어떤 것일까 하는 문제였지요."

나는 갑자기 비명을 질렀다. 그리고는 넘어지지 않기 위해서 나무에 몸을 기댔다.

음악 소리는 아주 슬프고 은은하게 계속되었다. 마치 한여름 밤에 꿈을 꾸는 동안 듣는다고 믿게 되는 그런 멜로디였다. 그런데 그 선율은 아주 희한했다. 그와 비슷한 것은 한 번도 들어본 적이 없었다. 그것은 원시 종족의 발라드와 같으면서, 동시에 잠을 자는 동안 자연의 침묵 속에서 들리는 속삭임 같았다. 나는 내 자신이 그 멜로디에 매혹되는 것을 느꼈으며, 내 머리를 휘감은 한 덩이의 구름이 내 영혼을 과거의 시간으로 끌고 가고 있다는 사실을 알았다. 그 시간은 거의 잊혀져버린 과거의 감정이었다.

'이 악기를 연주하는 사람은 바로 불쌍한 내 친구야!'

눈처럼 흰 긴 머리와 방황하는 시선을 지닌 브로스는 마치 무한의 달콤한 바닷속에서 노를 젓고 있는 조그만 배처럼 그의 악기를 꼭 껴안고 있었다.

'오, 맙소사!' 내 뺨 위로 눈물이 흘러내렸지만, 그것은 고통에 젖은 저속한 눈물이 아니었다. 나는 남들이 모르는 쾌감을 느꼈다. 나는 브로스가 행복한 사람이라고 생각했다. 그리고 가장 사랑하는 친구에게 그토록 달콤한 광기(狂氣)를 보내준 하늘에게 내 마음 가장 깊은 곳에서 우러나오는 감사의 기도를 올렸다.

나는 조용히 그에게 다가갔다. 브로스는 그의 맑디맑은 눈을 나를 향해 들었다. 그리고 입술도 움직이지 않고 나를 알아보지도 못하고, 그의 맑은 눈망울도 전혀 움직이지 않은 채, 마치 그의 영혼이 달콤한 천국에 있는 듯이 조용히 하라는 신호를 보내면서 신비스런 태도로 이렇게 말했다.

"조용히 하시오! 조용히! 이것은 세이렌의 노래란 말이오!"

아멜리아의 경우

El caso de la señorita Amelia

── 새해 첫날의 이야기

루벤 다리오

1

　Z박사는 뛰어나게 말솜씨가 좋아 남의 마음을 쉽게 사로
잡는 사람이었다. 그의 목소리는 낮고 떨렸으며, 몸가짐은
거만하고 이상하기 짝이 없었다. 특히 『몽상의 조형 미술』에
관한 그의 책을 출판한 이후부터는 더욱 그러했다. 아마 여

루벤 다리오 Rubén Darío(니카라과, 1867~1916): 라틴아메리카 '모데르
니스모'의 최고 시인으로 널리 알려져 있음. 칠레와 아르헨티나를 여행
하면서 새로운 시와 프랑스 문학을 접함. 1892년에 아메리카 400주년 기
념식을 기회로 스페인으로 여행하여, 그곳에서 주요 문인들을 알게 됨.
1900년 이후 외교관으로 일하기도 함. 작품으로는 『청색』(1888), 『속세
의 산문』(1896), 『삶과 희망의 노래』(1905), 『방황의 노래』(1907), 『가을
의 시』(1910), 『아르헨티나를 노래하며』(1910) 등의 시집을 비롯하여 많
은 단편소설이 있음.

러분들은 그런 사실을 부정하거나 조건부로 수용할 수도 있을 것이다. 하지만 그의 대머리는 보기 드물 정도로 아름답고 점잖아 보였다. 만일 여러분들만 괜찮다면, 서정적이라고도 말할 수 있을 정도였다. 하지만 안 돼! 난 그런 용어를 절대로 받아들일 수 없다. 그건 서정(敍情)에 대한 모욕이다. 여러분들이 어떻게 햇빛과 장미 향기와 몇몇 시들의 꿈결 같은 특성을 부정하면서, 무미건조한 대머리를 서정이라고 말하겠는가? 그건 그렇고, 지난밤에 12시 종소리가 나자, 우리는 진짜 로에데레 샴페인 12병을 차례로 터뜨리면서 12시를 축하했다. 우리가 있던 곳은 화려하게 로코코식으로 장식된 식당이었는데, 그곳은 바로 로벤스타인거라는 유태인의 집이었다. 박사는 번쩍이며 상아 지구본처럼 윤이 나는 대머리를 자랑스럽게 들었다. 그러자 불빛의 장난으로 거울 유리 위로 두 개의 촛불이 보였다. 나도 잘은 모르겠지만, 그것은 마치 모세의 빛나는 뿔과 같았다. 박사는 일어나더니 내게 커다란 몸짓을 하며 유식하게 말했다. 나는 거의 항상 입을 다물고 있었지만, 그날은 진부하기 짝이 없는 말을 한마디했었다. 가령 "오, 만일 시간이 멈추어만 줄 수 있다면"과 같은 것이었다. 이런 내 말을 듣자, 박사는 나를 바라보면서 입 주위를 미소로 장식했다. 고백하건대, 아마 그 모습을 본 사람이라면 누구라도 당혹해 했을 것이다.

"이봐, 청년."

그는 샴페인을 음미하면서 내게 말했다.

"내가 청춘의 환상을 완전히 깨지 않았더라면, 그리고 오늘 여기에 있는 자네가 죽은 존재와 다름없다는 사실을 눈치채지 못했더라면, 자네가 지금 말한 '오, 만일 시간이 멈추어만 줄 수 있다면!' 이란 말을 듣고 내 마음도 흡족해 했을 걸세. 그러니까 내 말은 자네가 믿음도 없고, 열정도 없고, 이상도 없고 마음이 하얗게 세어버린 죽은 영혼들의 소유자라면, 자네는 인생의 껍데기일 뿐, 그 이상의 것은…… 그렇네. 자네들 안에서 세기말을 살아가는 젊은 청년 이상의 것을 보았더라면, 내가 자리에서 일어나 자네에게 말을 걸지는 않았을 걸세."

"박사님!"

"그래. 자네에게 다시 말하건대, 자네의 회의주의를 보면 할말을 잊어버려. 마치 예전의 내가 그랬던 것처럼 말이야."

"저는 하느님을 믿고, 하느님의 교회를 믿습니다. 기적도 믿고 초자연적인 것도 믿습니다."

나는 굳은 목소리로 점잖게 이렇게 대답했다.

"그렇다면 내가 말해주지. 자네들은 아마 이 이야기를 듣고 웃을지도 모르겠어. 하지만 내 이야기를 듣고 더욱 깊게 생각해주길 바라네."

그 식당에 초대받은 사람은 모두 네 명이었다. 집주인의 딸 민나를 제외하면, 기자 리케트, 최근에 도착한 프랑스 신부 푸로 그리고 박사와 나였다. 기쁜 마음으로 새해 첫날 첫 시간에 일상적으로 말하는 인사가 멀리서 들려왔다.

"Happy New Year! 새해를 축하합니다!"

박사는 그런 소리에 개의치 않고 계속해서 말했다.

"누가 감히 그런 식으로 말할 수 있는 현자란 말인가? 우리 인간은 아무것도 모르고 있어. 우리는 모르고 있고, 지금까지도 몰라 왔어. 누가 시간 개념을 확실히 알고 있단 말인가? 누가 자신 있게 공간이 무엇인지 알고 있단 말인가? 과학은 마치 장님이 걷듯이 눈대중으로만 시간을 말하고, 종종 진정한 빛의 희미한 그림자를 알게 되면 시간을 극복했다고 평가하는 법이지. 아무도 상징적인 뱀에서 획일적인 원[뱀을 숭앙하는 이집트의 전통을 의미함. 페트로프나 블라바츠키 부인이 베다의 사상으로 연금술과 19세기 과학을 융합시킨 것을 시사함: 옮긴이 주]을 분리해낼 수 있었던 사람은 없었어. 세 배나 더 큰 헤르메스[여기에서의 헤르메스는 그리스의 신이 아니라, 소위 '신비주의'라고 일컬어지는 점성술과 심령학의 전설적인 작가 헤르메스 트리메기스토스를 뜻한다. 그는 그노시즘의 대표자며, 19세기 신지학(神知學)에 의해 재평가되었다: 옮긴이 주]부터 지금까지 인간의 손은 겨우 영원한 이시스[여기에서의 이시스는 이집트의 여신 이시스와는 전혀 관계가 없으며, 오히려 헬레나 페트로프나 블라바츠키의 책 『베일 벗은 이시스』와 관련이 있다: 옮긴이 주]를 덮고 있는 담요에서 실 한 올만을 건져올렸을 뿐이야. 아무도 자연의 세 가지 위대한 표현을 확실히 알았던 사람은 없네. 자연이란 바로 사실이고 원칙이야. 신비의 광활한 영역 속에서 더욱 심오한 것을 발견하려고 했던 나는 거의 모든 환상을 잃고 말았네.

나는 뛰어난 학술 활동과 수많은 저서로 소위 현자라고 일컬어지고 있지. 나는 평생을 인류의 기원과 종말을 연구하는 데 보냈어. 나는 카발라, 심령학, 신지학의 영역을 파고들었으며, 현자들의 물질적 차원을 거쳐 마술인들의 점성술과 마니승들의 정신적 차원으로 나아갔고, 아폴로니오스 티아네우스와 파라케수스가 어떻게 기적을 행하는지도 알고 있으며, 영국인 크룩스의 실험실에서 도와주기도 했네. 또한 불교의 카르마와 기독교 신비주의를 깊이 연구했으며, 동시에 회교의 데르비시들의 알려지지 않은 학문과 로마 사제들의 신학도 익히 알고 있네. 그런 내가 감히 말하건대, 우리는 진정한 현자들을 보지 못했으며, 심지어는 가장 중요한 빛줄기 하나도 보지 못했네. 광활하고 영원한 신비의 세계는 이 세계의 유일하고 무서운 진실임을 알지 못했던 것이지."

그러더니 나를 바라보며 말했다.

"자네는 인간의 원칙이 무언지 아나? 그건 그루파, 기바, 링가, 샤리라, 카마, 루파, 마나스, 부디, 아트마 같은 것이야. 즉 육체, 생동력, 천체, 동물의 영혼, 인간의 영혼, 영혼의 힘, 영혼의 본질……"

민나가 너무 황당한 얼굴을 짓자, 나는 박사의 말을 중단시키고 이렇게 말했다.

"저는 당신이 우리에게 시간이란 무엇인지를 보여줄 거라고……"

"좋아. 이런 장황한 서론을 좋아하지 않는 얼굴들이니, 내가 말하려고 했던 이야기를 해주겠네. 그건 다음과 같네.

23년 전에 나는 부에노스아이레스에서 레발 가족을 알게 되었네. 그 가문의 창시자는 유명한 프랑스 기사이며 로사스 정부 시절에 영사를 했던 사람이지. 우리 집은 라벨 가족의 집과 이웃이었어. 나는 젊고 패기 넘쳤으며, 레발 가족의 세 딸들은 그라티아에 세 자매와 경쟁을 할 정도로 예뻤지. 그러니 조그만 불똥 하나만 튀어도 사랑의 불길이 일어날 것이라는 말은 하지 않아도 알 수 있으리라 믿네."

사아랑, 뚱뚱한 현자는 오른쪽 엄지손가락을 조끼 주머니에 넣고서 이렇게 말했다. 그는 뚱뚱하면서도 날렵한 손가락으로 통통한 배를 치면서 계속 말했다.

"솔직히 고백하건대, 나는 그 어느 누구도 편애하지 않았네. 루스, 호세피나, 아멜리아는 모두 내 가슴속에 똑같은 자리를 차지하고 있었지. 아니, 똑같다고는 말할 수 없을 것 같군. 아멜리아의 불타는 두 눈동자와 그녀의 발랄하고 붉은 미소와 개구쟁이 같은 모습은 그 무엇보다도 달콤했으니까…… 그러니까 바로 그녀가 내가 제일 좋아하던 사람이었지. 아멜리아는 막내였어. 겨우 열두 살이었고, 나는 이미 서른 살이 넘었었지. 활달하고 심술궂은 아멜리아의 성격 때문에 나는 뜨거운 시선과 내 한숨을 두 언니들과 함께 나누며 손을 잡고, 심지어는 진지하게 결혼을 약속하기도 했네. 그러니까 고백하자면 한때는 잔인하고 괘씸한 사랑의 열정 때문에 중혼(重婚)을 생각했던 적도 있었지. 하지만 어린 아멜리아는…… 내가 집에 도착하면, 아멜리아는 제일 먼저 달려나와 얼굴에 가득 미소를 띠고 반갑게 나를 맞이하며 이렇게 말했지. '내 캐러멜은 어디 있어요?'

이것이 항상 그녀가 내게 묻던 질문이었네. 나는 예의바르게 인사를 한 다음, 기쁜 마음으로 앉아서 그녀의 손에 맛있는 장밋빛 캐러멜과 색색의 초콜릿을 가득 안겨주곤 했지. 그러면 그녀는 입을 벌려 입천장과 혓바닥과 이빨로 큰 소리를 내며 맛있게 먹곤 했어. 무릎까지 올라오는 치마를 입은 눈이 예쁜 그 아이를 왜 그토록 좋아했는지 나도 그 이유를 설명할 수는 없네. 하지만 내가 공부를 하기 위해 부에노스아이레스를 떠나야만 했을 때, 나는 고통스러워하며 감상적인 커다란 눈으로 나를 보던 루스에게는 내 감정을 속이며 위선적으로 작별을 했네. 또한 울지 않으려고 면손수건을 입에 물고 있던 호세피나의 손도 꼭 잡았지만, 그것도 본래의 내 감정이 아니었네. 하지만 아멜리아의 이마에는 내 평생 가장 순수하고 가장 뜨겁고, 가장 순결한 키스를 새겨 넣었어. 나도 왜 그랬는지는 모르겠네.

　그런 다음 나는 배를 타고 캘커타로 향했네. 우리가 사랑하고 존경하는 만시야가 금화로 가득 찬 동양으로 갔을 때처럼 말이야. 연금술에 목말라 있던 나는 인도의 마하트마들과 함께 서양의 비천한 과학이 아직도 우리에게 가르쳐줄 수 없는 것을 공부하러 갔던 것이야. 블라바츠키 부인〔런던에 신지학 협회를 창립했던 헬레나 페트로프나 블라바츠키를 의미함. 유심론자며, 『비밀의 교리』(1888), 『신지학 핵심』(1889) 등의 저서를 썼다. 1831년에 우크라이나에서 태어나 1891년 런던에서 숨을 거두었다: 옮긴이 주〕과 서신을 통해 우정을 나누고 있었고, 그 우정은 내게 데르비시의 나라에서 광활한 영역이 있음을 가르쳐주었어. 또한 지식에 대한 내 갈증을 알고 있던 어느 구루는 나를 진리의 성스런 샘으로 인도하려고 해주었지. 아, 나는 진리를 찾아갔던 것이야. 그리고 내 입술이 다이아몬드 같은 신선한 물 속에서 만족할 것이라고 믿었지만, 내 갈증을 달랠 수는 없었어. 그 이후에도 나는 내 눈이 보고 싶어 안달하는 것을 집요하게 찾아 다녔네. 조로아스터의 케헤르파스, 페르시아의 칼렙, 인도 철학의 코베이 칸, 스웨덴보리의 변토 등을 찾아 다녔어. 그리고 티벳 산 속에서 스님들의 말도 들었네. 나는 무한한 공간을 상징하는 카발라의 세피롯부터 인생의 원칙이 끝나는 말쿠쓰라는 것까지 모두 공부했지. 나는 정신과 공기와 물과 불, 높이와 깊이, 동양과 서양, 남쪽과 북쪽을 공부했고, 거의 모든 것을 이해할 경지에 이르렀지. 심지어는 사탄이나 루시퍼, 아쉬타롯, 벨제부트, 아스모데오, 벨페고르, 마베마, 릴리스, 아드라멜레, 바알 등도 깊이 알게 되었어. 진정한 진리를 이해하려는 간절한 바람과 지식에 대한 끝없는 욕망 속에서, 내 야심이 성취되었다고 평가되었을 때, 비로소 나는 내 약점이 무엇이며 나의 지식이 얼마나 빈약한 것인지를 발견했네. 하느님, 공간, 시간, 이런 생각들이 내 눈동자 앞에 헤쳐나갈 수 없는 안개를 이루었던 것이었지. 나는 아시아, 아프리카, 유럽과 아메리카를 여행했고…… 나는 올코트 대령〔헨리 스틸 올코트 대령을 의미함. 그는 페트로프나 블라바츠키 부인의 도움으로 1875년에 뉴욕 신지학 지부를 설립했다: 옮긴이 주〕을 도와 뉴욕에 신지학 지부를 창립했네. 이 모든 것이……"

박사는 금발의 민나를 뚫어지게 바라보면서 갑자기 이렇게 강조했다.

"모든 것의 과학이자 불멸인 것이 뭔지 아나? 그건 푸른 두 눈…… 아니, 검은 두 눈일세."

2

"그래서 어떻게 이야기가 끝나죠?"

그곳에 있던 아가씨가 달콤하면서 신음하는 듯한 목소리로 물었다.

"자네들에게 맹세하건대 지금 내가 이야기하고 있는 것은 실제로 일어났던 일일세. 어떻게 끝나느냐고? 일주일 전에 나는 아르헨티나로 돌아왔네. 거의 20년 만에 돌아온 거지. 나는 뚱뚱해져 있었고, 베어링처럼 대머리가 되어 있었지. 하지만 내 마음속에는 아직도 뜨거운 사랑의 불길을 간직하고 있네. 그건 아마 노총각들이면 누구라도 간직하고 있는 화신(火神)일 거야. 그래서 도착하자마자 제일 먼저 레발 가족이 어디에 있는지 찾았지. '레발 가족이오! 아멜리아 레발의 가족 말이군요!'라고 사람들은 아주 특이한 미소를 지으며 내게 말하더군. 나는 불쌍한 아멜리아가, 그 불쌍한 어린 것이 잘못된 것은 아닌지 궁금했어. 결국 찾고 찾은 끝에 그녀가 사는 집을 알게 되었지. 내가 집에 들어서자 늙은 흑인 하인이 맞이했어. 그 하인은 내게 거실에서 잠시 기다리라고 말한 다음, 내가 건네준 명함을 갖고 갔어. 거실은 모두 슬픔으로 가득 차 있었고, 벽에 걸린 거울은 온통 장례식 베일로 덮여 있었으며, 두 개의 초상화는 피아노 위에서 서로 우수에 젖은 채 불분명한 시선으로 마주보고 있었어. 나는 그 초상화가 그녀의 오빠라는 사실을 눈치챌 수 있었네. 잠시 후 루스와 호세피나가 들어와 '정말 오랜만이네요!'라고 말했지만, 그외의 다른 말은 하나도 할 수가 없었지. 잠시 후 수

줍은 듯이 고의로 말을 빠뜨리면서 우리는 대화를 했지. 당연히 대화는 자주 끊겼고, 양해의 미소가 오갔지만 그건 매우 슬픈 미소였어. 대화를 나누면서 나는 두 여자들이 아직 미혼이라는 사실을 알게 되었어. 그렇지만 아멜리아에 관해서는 아무것도 물어볼 엄두가…… 아마도 내가 물어보면, 이 가련한 두 여자들에게는 쓰디쓴 아이러니처럼 들릴지도 몰랐고, 또한 용서받을 수 없는 불행과 수치를 기억하게 만들지도…… 바로 그 순간 나는 마구 뛰어오는 어린아이를 보았어. 아이의 몸과 얼굴은 내가 알고 있던 가련한 아멜리아와 똑같았어. 아이는 나를 바라보더니, 아멜리아와 똑같은 목소리로 말했네. '내 사탕은 어디 있어요?' 나는 뭐라고 말해야 할지 몰랐지."

3

"두 언니들은 창백한 표정으로 서로를 바라보면서 슬픔에 잠겨 고개를 흔들었고……

나는 '안녕' 이라고 중얼거리며, 왼쪽 무릎을 꿇고 예의바르게 인사를 하면서 거리로 뛰쳐나왔네. 마치 이상한 바람에 쫓기듯이 말이야. 그런 다음에 모든 걸 알았지. 내가 죄책감을 느끼며 내 사랑의 결실과 혼동했던 여자아이는 아멜리아,

바로 23년 전에 내가 버린 그 아이였으며, 그녀는 자라지 않은 채 어린아이로 남아 있으면서 어릴 적의 생명을 그대로 간직하고 있었던 것이야. 그녀에게는 시간이라는 시계가 멈춘 채, 특정한 시간만을 가리키고 있었던 것이지. 우리가 모르는 하느님이 무슨 생각을 하셨기에 그렇게 했는지 그 누가 알겠나!"

　Z박사는 이 순간 완전히 대머리였는데……

깃털 베개
El almohadón de plumas

오라시오 키로가

그녀의 신혼 기간은 기나긴 공포와 전율의 연속이었다. 남편의 강인하고 차가운 성격은 금발이며 천사 같고 소심한 신부가 어릴 때 생각했던 달콤한 신혼의 꿈을 완전히 얼어붙게 했다. 그녀는 그를 굉장히 사랑하고 있었지만, 종종 밤에 거리를 거닐며 함께 집으로 돌아오기 한 시간 전부터 입을 굳게 다물고 있는 호르단의 모습을 훔쳐보면서 약간의 가벼운 두려움을 느끼곤 했다. 한편 그도 그녀를 깊이 사랑하고 있었지만, 그런 마음을 드러내지는 않았다.

오라시오 키로가 Horacio Quiroga(우루과이, 1878~1937): 20세기 초반 라틴아메리카 최고 작가 중의 한 사람으로 평가됨. 포, 보들레르, 키플링, 도스토예프스키의 영향을 받아 정신병적이면서도 환상적인 이야기를 씀. 작품으로는 『산호 암초』(1901), 『사랑과 광기와 죽음의 이야기』(1917), 『정글 이야기』(1918), 『아나콘다』(1921), 『추방자』(1924) 등이 있음.

그들은 4월에 결혼했었다. 그 이후 3개월 동안 그들은 아주 행복하게 살았다. 의심할 여지도 없이 그녀는 남편의 엄하디엄한 사랑의 천국이 조금 더 부드러워지고, 그가 좀더 넓은 아량을 베풀고 너무 조심스럽지 않게 애정을 표현했으면 하고 바랐다. 그러나 남편의 차가운 얼굴은 그녀의 이런 마음을 항상 억누르고 있었다.

그들이 살고 있던 집도 그녀가 공포와 전율을 느끼게 하는데 적지 않은 영향을 끼쳤다. 조용한 정원을 장식하던 흰색의 담벽 무늬와 흰색 기둥과 대리석 동상들은 매혹적인 궁전에서 느끼는 가을날의 우울한 인상을 풍기곤 했다. 정원 안의 높은 벽 속에는 조그만 흠 하나도 없었고, 얼음장같은 회반죽 색은 그녀가 불쾌하고 언짢게 느끼며 추위에 떨듯이 전율하는 이유를 확인해주고 있었다. 이 방에서 저 방으로 건너갈 때면 발자국 소리가 온 집에 울려퍼졌다. 그것은 마치 오랫동안 비워놓은 집에서 발자국 소리가 예민하게 울려퍼지는 것과 같았다.

이런 이상한 사랑의 보금자리 속에서 알리시아는 그 해 가을을 보냈다. 그렇지만 자기의 옛 꿈을 덮어버리고 더 이상 생각하지 않았다. 심지어 그녀는 남편이 돌아올 때까지 아무것도 생각하지 않은 채 그런 음산한 집에서 잠만 자고 있었다.

그녀의 몸이 야위는 것은 하나도 이상한 일이 아니었다.

그녀는 가벼운 감기 증상을 느꼈고, 그 병은 날이 지날수록 그녀 몸을 엉망으로 만들었다. 알리시아는 그 병에서 전혀 회복되지 않았다. 그러던 어느 날 오후 알리시아는 남편의 팔에 기대어 정원으로 나갈 수 있었다. 그녀는 아무 생각 없이 무덤덤하게 사방을 바라보았다. 이내 호르단은 깊은 사랑의 손길로 천천히 그녀의 머리를 쓰다듬었다. 그러자 알리시아는 즉시 팔로 그의 목을 움켜잡은 채 매달려 흐느끼기 시작했다. 보잘것없는 그의 애무를 받자 몇 배로 눈물을 흘리면서, 그녀는 그 동안 놀란 자기의 마음이 잠잠해질 때까지 하염없이 울었다. 흐느끼는 소리는 눈물보다 더욱 오래 지속되었다. 그것은 미동도 하지 않고 단 한마디 말도 내뱉지 않은 채 그녀의 목구멍 안에 오랫동안 남아 있었다.

그 날은 알리시아가 침대에서 일어났던 마지막 날이었다. 다음날 그녀는 정신을 잃은 채 새벽을 맞았다. 호르단의 주치의는 아주 정성 들여 그녀를 진찰하면서 절대적인 안정을 취해야 한다고 지시했다.

"나도 잘 모르겠군요."

의사는 조그만 소리로 대문에서 호르단에게 말했다.

"몸이 극도로 쇠약한 상태인데, 그 이유가 뭔지 모르겠군요. 토하지도 않고, 아무런 증상도 없으니…… 만일 내일도 오늘처럼 잠을 깬다면, 즉시 나를 부르십시오."

다음날 알리시아의 상태는 더욱 악화되었다. 그래서 의사가 다시 왕진을 왔으며, 아주 빠른 속도로 심각할 정도의 빈혈이 진행되고 있음이 판명되었지만, 왜 그런지 그 이유는 전혀 설명할 수 없었다. 알리시아는 더 이상 기절하지는 않았지만, 눈에 띌 정도로 죽음을 향해 치닫고 있었다. 매일 그녀의 침실은 불이 환하게 켜진 채 완전한 침묵 속에 있었다. 아무 소리도 나지 않은 채 몇 시간이 흐르곤 했다. 알리시아는 잠을 자고 있었다. 반면에 호르단은 그녀의 침실과 마찬가지로 불이 환히 켜진 거실에서 거의 모든 시간을 보내고 있었다. 그는 지칠 줄 모르게 이쪽 끝에서 저쪽 끝을 한시도 쉬지 않고 왔다갔다하고 있었다. 거실의 카펫은 그의 발걸음 소리를 짓누르고 있었다. 종종 그는 침실로 들어가 침대 주위를 따라 계속해서 말없이 왔다갔다했다. 그러면서 침대 모서리에서 잠시 발걸음을 멈추고 자기 아내를 쳐다보곤 했다.

얼마 되지 않아 알리시아는 헛소리를 하기 시작했다. 처음에 그 소리는 도저히 무슨 말인지 알아들을 수 없이 서로 뒤섞여 공중을 떠다니다가 이내 바닥으로 내려왔다. 그리고 눈을 엄청나게 크게 뜬 채, 알리시아는 침대에 등을 기대어 이쪽저쪽으로 카펫만 바라보았다. 어느 날 그녀는 갑자기 눈동자를 움직이지 않은 채 카펫만을 쳐다보고 있었다. 그리고 잠시 후 입을 열어 비명을 질렀고, 그녀의 코와 입술은 식은 땀으로 범벅이 되어 있었다.

"호르단! 호르단!"

그녀는 놀라서 경직된 모습으로 카펫에서 눈을 떼지 않고 소리쳤다.

호르단은 급히 침실로 뛰어갔고, 그가 침실에 나타나는 모습을 보자 알리시아는 공포에 질린 비명을 질렀다.

"나야 나! 알리시아, 나란 말이야!"

알리시아는 눈동자의 초점을 잃은 채 그를 바라본 후에 다시 카펫을 쳐다보았다. 그리고는 다시 그를 바라보았다. 그런 후 오랫동안 망연자실한 얼굴로 그의 얼굴을 뚫어지게 쳐다보고서 안정을 되찾았다. 그녀는 미소를 짓고서 자기 손으로 남편의 손을 잡은 후에 떨면서 그 손을 어루만졌다.

그녀는 쉴새없이 헛소리를 했다. 그 중에는 손가락으로 카펫을 짚고 그녀를 뚫어지게 바라보는 인간과 유사한 괴물이 있다는 헛소리도 했다.

의사들이 다시 진찰을 왔지만 모두 허사였다. 그들 앞에는 시간이 지날수록 피를 흘리며 생명이 꺼져가고 있는 한 여인의 목숨이 있을 뿐이었다. 의사들은 그녀가 왜 피를 흘리는지 전혀 알 수가 없었다. 의사들이 마지막 진찰을 할 때 알리시아는 인사불성이 되어 누워 있었다. 그들은 힘이 빠져버린 그녀의 손목을 이리저리 옮겨가면서 맥박을 짚고 있었다. 의사들은 오랜 시간 동안 침묵 속에서 그녀를 지켜보고는 식당으로 향했다.

"음……"

42

그녀의 주치의가 힘없이 어깨를 움찔거렸다.

"아주 심각한데…… 별도리가 없습니다."

"여태까지 그 말을 하려고 치료했던 겁니까!"

호르단은 숨도 제대로 쉬지 못한 채 화가 치밀어 이렇게 말하고는 갑자기 침대로 달려갔다.

알리시아는 빈혈로 약간의 헛소리를 되뇌면서 목숨을 다하고 있었다. 저녁이 되면 그 신음은 더욱 심해졌고, 새벽이 되면 헛소리를 하고 있었다. 낮에는 그녀의 병이 악화되지 않았지만, 매일 아침마다 거의 혼수 상태에 빠져 창백한 채로 새 날을 맞았다. 밤만 되면 새로운 피바다 속에서 목숨을 잃은 사람처럼 보였다. 항상 잠에서 깨어날 무렵에 그녀는 백만 킬로그램의 무게에 눌려 침대에서 실신한 것 같은 느낌을 받고 있었다. 사흘째 되던 날부터 그녀는 의식을 회복하지 못하고 계속해서 실신해 있었다. 단지 고개만을 간신히 움직일 수 있을 뿐이었다. 그녀는 사람들이 침대를 건드리는 것도 원치 않았고, 베개를 제자리로 갖다놓는 것도 원치 않았다. 석양이 질 두려운 시간이 되자, 그녀의 헛소리는 괴물이 침대로 몸을 끌며 다가가서 힘들게 매트리스 속으로 파고든다고 말하고 있었다. 이렇게 그녀의 병은 급진전되고 있었다.

그런 후에 그녀는 의식을 잃었다. 마지막 이틀 동안 그녀는 쉬지 않고 크지도 않고 작지도 않은 목소리로 헛소리를 했다. 불빛은 마치 장례를 치르는 집처럼 거실과 침실 안을 밝히고 있었다. 집안의 고통스런 침묵 속에서 들려오는 소리는 단지 침대에서 새어나오는 단조로운 신음 소리와 카펫에 짓눌린 호르단의 발자국 소리밖에 없었다.

마침내 알리시아는 숨을 거두었다. 이제 홀로 외로이 있는 침대의 모든 것을 없애버리려고 방안으로 들어온 하녀는 이상하게 생각되어 한참 동안 베개를 바라보았다.

"주인님!"

그녀는 조그만 목소리로 호르단을 불렀다.

"베개에 피처럼 보이는 얼룩이 있어요."

호르단은 재빨리 달려와서 몸을 숙여 베개를 쳐다보았다. 정말로 베개 위에는 알리시아의 머리가 베고 있던 움푹 들어간 부분의 양쪽에 검은 얼룩이 보였다.

"무언가 물었던 자국 같아요."

하녀는 오랫동안 꼼짝하지 않고 지켜본 후에 이렇게 중얼거렸다.

"불 있는 쪽으로 들어봐."

호르단이 말했다.

하녀는 베개를 들어올렸지만 이내 떨어뜨리고 말았다. 그리고 창백한 얼굴로 벌벌 떨면서 호르단을 바라보았다. 그는 도대체 왜 그런지 이유를 알지 못했지만 머리칼이 곤두서는 것을 느꼈다.

"왜 그래?"

호르단이 쉰 목소리로 나지막이 물었다.

"굉장히 무거워요."

하녀는 계속해서 몸을 떨면서 간신히 이렇게 말했다.

호르단은 베개를 들었다. 생각 이상으로 무거웠다. 그들은 베개를 들고 밖으로 나갔다. 그리고 식당 테이블 위에서 호르단은 베갯잇과 베갯속을 단칼에 잘랐다. 그러자 윗부분에 있던 깃털들이 공중으로 날아올랐고, 하녀는 입을 완전히 벌린 채 경련을 일으키던 손으로 눈을 가리며 공포의 비명을 질렀다. 베개 속에는 깃털 사이로 털이 가득 난 다리가 천천히 움직이고 있었고, 그 안에는 끈적끈적하면서 살아 있는 뭉클한 괴물이 들어 있었다. 그는 너무도 놀랐기 때문에 거의 한마디도 제대로 말할 수 없었다.

알리시아가 침대에 쓰러진 이후, 밤이면 밤마다 이 괴물은 자기의 입, 아니 코를 그녀의 이마에 갖다대고서 아무도 모르게 피를 빨아먹었던 것이다. 물린 자국은 거의 보이지 않았다. 물론 처음에 그녀는 매일 고개를 돌리고 베개를 피하면서 빈혈 증세가 진전되는 것을 막을 수 있었다. 하지만 그녀가 움직일 수 없게 된 이후부터 이 괴물은 아주 빠른 속도로 피를 빨아들였던 것이다. 닷새 낮과 닷새 밤 동안 그 괴물은 알리시아의 피를 모두 빨아먹었던 것이다.

새에 기생하는 이런 기생충들은 평소에는 눈에 띄지 않을 정도로 작지만, 특정한 조건에서는 그 크기가 엄청나게 커진다. 인간의 피는 이런 기생충들이 크는 데 특히 좋은 먹이며 조건이다. 그래서 깃털 베개 속에서 어렵지 않게 이렇게 비대해진 기생충들이 발견되곤 하는 것이다.

나 무
El árbol

마리아 루이사 봄발

피아니스트는 자리에 앉아 억지로 기침을 하고서 잠시 정신을 집중한다. 관중석을 비추는 많은 불빛들이 서서히 약해지더니 마침내는 타다 남은 숯불처럼 꺼져간다. 그때 한 악구(樂句)가 침묵 속에서 솟아오르더니 분명하면서도 가느다랗고 신중하며 변덕스럽게 전개되기 시작한다.

'아마 모차르트일 거야'라고 브리히다는 생각한다. 평소처

마리아 루이사 봄발 María Luisa Bombal(칠레, 1910~1980): 비냐 델 마르에서 태어나, 그곳에서 프란체스코회 수녀들의 교육을 받음. 12살에 아버지가 세상을 떠나자 가족과 함께 파리로 이주함. 소르본 대학에서 연극을 공부함. 1931년에 칠레로 돌아와 극단에서 일했으며, 2년 후인 1933년 부에노스아이레스로 이사하여 당시 명성을 떨치던 『남쪽』이란 잡지에 단편을 발표함. 1940년 라파엘 드 생팔르 공작과 결혼하여, 1970년 남편이 죽을 때까지 미국에 거주함. 이후 칠레로 돌아와 1980년 5월에 세상을 떠남.

럼 그녀는 프로그램 달라는 것을 잊어버렸다. '아마 모차르트일 거야, 아니면 스카를라티……' 그녀는 음악에 관해 너무나 문외한이었다. 그것은 음악에 취미가 없거나 감상할 줄 몰라서가 아니었다. 반대로 그녀는 어렸을 때 피아노를 가르쳐달라고 졸랐다. 그래서 언니들과는 달리 아무도 그녀에게 강제로 피아노를 배우게 할 필요가 없었다. 그러나 지금 그녀의 언니들은 제대로 피아노를 치고, 한 소절만 들어도 그것이 누구의 음악인지 알았다. 하지만 그녀는…… 그녀는 피아노를 배우기 시작한 해에 피아노를 그만두었다. 이렇게 그녀의 태도가 흔들린 이유는 너무나 간단하면서도 부끄러운 것이었다. 그녀는 사장조 건반을 결코 익힐 수가 없었기 때문이었다.

"이해할 수가 없어요. 다장조 이외에는 기억이 나지 않아요."

그러자 그녀의 아버지는 벌컥 화를 냈다.

"제기랄, 딸아이들을 이렇게 교육시켜야 하다니! 아, 얼마나 불쌍한 홀아비 신세인가! 내 앞에 아무 여자라도 나타나면, 이 짐을 떠맡기고 말 거야! 불쌍한 카르멘 같으니! 살아 있었으면 분명히 브리히다 때문에 몹시 괴로워했을 거야. 이 아이는 저능아야!"

브리히다는 모두 성격이 제각각인 여섯 딸 중의 막내였다. 앞의 다섯 딸들에게 지친 나머지, 아버지는 여섯번째 딸마저

말썽을 부리자 너무나 기가 막혀 그녀를 정신 박약아로 규정하면서 간단히 문제를 마무리하려고 했다. "더 이상 성화부리지 않겠어. 모두 쓸데없는 일이야. 공부하고 싶지 않으면, 하지 말라고 해. 그리고 부엌에서 귀신 이야기나 들으며 보내고 싶어한다면, 그렇게 하도록 놔둬. 그리고 열여섯 살의 나이에도 인형이나 만지작거리고 싶어한다면, 인형이나 갖고 놀라고 해."

브리히다는 인형들만 갖고 놀면서 완전히 무식한 아이가 되어버렸다.

무식한 사람이 된다는 것은 얼마나 좋은 일인가! 누가 모차르트인지, 그가 어떻게 곡을 만들었고, 어떤 영향을 끼쳤으며, 그의 음악의 특징들은 무엇인지 모른다는 것은 얼마나 즐거운 일인가! 단지 지금처럼 모차르트의 손에 이끌려 가게 놔두고 싶을 뿐이다.

그러자 실제로 모차르트는 그녀를 이끌어간다. 붉은 모래 침대 위로 흐르는 맑은 물 위에 떠 있는 다리로 이끈다. 그녀는 흰옷을 입고 있다. 그리고 거미줄처럼 복잡하고 섬세한 레이스 양산을 어깨 위로 펼쳐 들고 있다.

"브리히다, 넌 갈수록 젊어지는구나. 어제는 네 남편, 그러니까 전 남편을 만났어. 머리가 온통 하얗더구나."

하지만 그녀는 대답하지 않는다. 그녀는 멈추지 않고 계속해서 모차르트가 그녀의 젊은 시절의 정원을 향해 펼친 다리를 건너간다.

분수가 높게 치솟고, 그 안에서 물이 노래한다. 그녀가 보낸 18년의 세월, 그리고 헝클어진 채 허리까지 내려오던 갈색 머리, 황금빛 같은 그녀의 피부, 무언가를 묻는 듯한 그녀의 커다란 검은 눈. 두툼한 입술의 작은 입, 달콤한 미소와 이 세상에서 가장 가볍고 우아한 육체. 다리 모서리에 앉아서 그녀는 무슨 생각을 하고 있었을까? 그녀는 아무 생각도 하지 않고 있었다. "너무나 바보여서 예쁜 거야"라고 사람들은 말하곤 했다. 그러나 그녀는 파티에서 자기가 바보 취급을 받건 아니면 꾸어다 놓은 보릿자루처럼 자리만 지키는 사람 취급을 받건 전혀 개의치 않았다. 남자들은 그녀의 언니들에게 차례차례 하나씩 청혼을 했다. 하지만 그녀에게 결혼하자고 하는 남자는 아무도 없었다.

모차르트! 이제 그녀에게 푸른 대리석 계단을 펼친다. 그 계단을 걸어 그녀는 얼음장처럼 차가운 두 줄의 백합꽃 사이로 내려온다. 이제 황금빛 가시가 돋친 굵은 쇠창살의 울타리가 열리더니 그녀는 아버지의 둘도 없는 친구였던 루이스의 목을 껴안는다. 그녀는 아주 어렸을 때부터 모든 사람들이 자기를 무시할 때면, 루이스에게로 달려가곤 했다. 그가 그녀를 들어올려주면, 그녀는 양손으로 목을 껴안곤 했다. 아이들의 혀 짧은 소리 같은 웃음을 지으면서, 무질서하게 떨어지는 빗물처럼 눈과 이마 위에 마구 키스를 하곤 했다.

당시에 이미 그의 머리칼은 희끗희끗했다(그는 젊었던 적이 한 번도 없었을까?). 루이스는 그녀에게 말하곤 했다.

"넌 내 목걸이야. 새털 빛처럼 화사한 목걸이야."

바로 그런 이유로 그녀는 그와 결혼을 했다. 점잖고 과묵한 그 남자 옆에 있을 때면, 그녀는 바보 같고 장난기 많고 게을렀던 과거의 자기 모습에 죄책감을 느끼지 않았다. 그랬다. 오랜 세월이 지난 지금에야 비로소 그녀는 루이스를 사랑해서 결혼한 것이 아니라는 사실을 알았다. 그러나 어느 날 그녀가 왜 집을 떠났는지, 왜 급히 집을 떠나 그에게 왔는지 정확히 알 수는 없었는데······

그러나 바로 이 순간 모차르트는 초조하게 그녀의 손을 잡고, 시간이 지날수록 급작스럽게 빨라지는 리듬 속으로 그녀를 데리고 간다. 그리고 가던 길을 되돌아 정원을 건너 거의 도망치듯이 단숨에 다리를 건너라고 요구한다. 또한 그녀에게 양산과 투명한 치마를 빼앗은 다음, 달콤하면서도 동시에 의연한 음으로 그녀의 과거의 문을 닫는다. 그런 후 그녀를 콘서트 홀에 남겨두고, 그녀는 검은 옷을 입은 채 조명의 불빛이 커짐에 따라 기계적으로 박수를 친다.

다시 어둠과 앞서 말한 침묵이 찾아온다.

이제 베토벤이 봄날의 달빛 아래로 따스한 음악의 파도를 휘젓기 시작한다. 얼마나 바닷물이 멀리 밀려갔는가! 브리히다는 바다를 향해 걷는다. 저 멀리 몸을 움츠린 채 반짝이는 온화한 바닷물이 있는 곳을 향해 해변가로 간다. 그러나 그때 바닷물이 다시 일어나 조용히 커다란 파도를 이루며 그녀를 만나러 온다. 그리고 그녀를 휘감은 채 잔잔한 파도로 그녀를 밀어붙인다. 파도는 그녀의 등을 밀면서 어느 남자의 몸 위에 그녀의 뺨을 갖다댄다. 그리고는 루이스의 가슴 위에 놔둔 채, 그녀를 잊은 듯이 멀어져간다.

"당신은 마음이라고는 없어요. 당신은 사랑이 없는 사람이에요."

그녀는 항상 루이스에게 이렇게 말하곤 했다. 남편의 심장은 가슴속 깊은 곳에서 희미하게 고동치고 있었기 때문에 그 소리를 들을 수 없었다. 단지 뜻하지 않은 방식으로 아주 드물게 들려오기만 했다. 그가 잠들기 전에 석간 신문을 습관적으로 펼칠 때면, 그녀는 "당신이 내 옆에 있어도 나와 함께 있는 때는 없어요. 왜 나랑 결혼했던 거죠?"라고 침실에서 따지곤 했다.

"왜냐하면 당신은 놀란 새끼 사슴 같은 눈을 지녔거든."

이렇게 대답하면서 그는 그녀에게 키스를 하곤 했다. 그러면 그녀는 갑작스레 기뻐하면서 그의 흰머리의 모든 무게를 자기 품안에 자랑스럽게 받아들이곤 했다. 오, 루이스의 은빛 머리칼이여! 오, 빛나는 머리칼이여!

"루이스, 당신이 어렸을 때 당신 머리 색깔이 정확히 무슨 색이었는지 내게 한 번도 말해주지 않았어요. 그리고 열다섯 살 때에 흰머리가 나기 시작하자 당신 어머니가 뭐라고 말했는지도 말해주지 않았어요. 뭐라고 말했죠? 웃으셨나요? 아니면 우셨나요? 당신은 흰머리를 자랑스럽게 여겼나요? 아니면 창피하게 생각했나요? 그리고 학교에서 당신 친구들은 뭐라고 말했나요? 말해주세요, 루이스. 말해주세요……"

"내일 말해줄게. 지금은 졸려 죽겠어. 브리히다, 난 지금 몹시 피곤해. 불 좀 꺼줘."

무의식적으로 그는 그녀를 멀리하면서 잠에 빠져들곤 했다. 그러면 그녀는 자신도 모르게 밤새 내내 그의 호흡 소리를 찾아다니면서 남편의 어깨를 쫓아갔고, 그의 호흡 소리 속에서 삶을 느끼려고 애를 썼다. 마치 적절한 온도와 습도를 만나면 가지를 벌리는 목마른 나무처럼 그렇게 했던 것이다.

아침에 식모가 블라인드를 열 때면, 루이스는 이미 그녀 옆에 없었다. 그는 아무도 모르게 일어나, 목을 강하게 껴안으려고 애쓰는 새털빛 같은 목걸이를 무서워한 나머지 아침 인사도 하지 않은 채 직장으로 갔던 것이다.

"5분 만이오. 딱 5분이면 돼요. 루이스, 여기서 나와 5분 더 있는다고 해서 당신 사무실이 사라지는 건 아니잖아요."

그녀가 잠에서 깬다는 것. 아 얼마나 구슬프게 그녀는 잠에서 깨는가! 하지만 그녀가 옷방으로 스쳐만 지나가도 슬픔은 마술을 부리듯이 사라지곤 했다. 정말로 이상한 일이었다.

파도가 꿈틀거린다. 멀리서 꿈틀거리면서 마치 바다를 이룬 나뭇잎처럼 속삭인다. 이 음악이 베토벤인가? 아니다.

그것은 옷방 창문 옆에 있는 나무다. 그 방에만 들어서도 그 방에 감돌고 있는 행복감을 느낄 수 있었다. 아침나절에 침실은 얼마나 찌는 듯했던가! 그리고 불빛은 얼마나 잔인했던가! 반면에 여기 옷방에서는 그녀의 눈까지도 마음을 놓고 시원한 바람을 쏘이곤 했다. 색 바랜 의자 시트, 요동치는 차가운 물처럼 벽에 그림자를 드리우는 나무, 나뭇잎을 비추고 끝없이 푸른 숲 속의 꿈을 만들어내면서 잘난 체하는 거울. 얼마나 기분 좋은 방인가! 마치 수족관 속에 가라앉은 세상처럼 보이던 방이었다. 그 거대한 고무나무는 얼마나 재잘거렸던가! 동네의 모든 새들은 그 나무 속에 보금자리를 꾸미러 오곤 했다. 그것은 도시의 한쪽 구석에서부터 직접 강으로 곤두박질하는 가파른 비탈길에 있는 유일한 나무였다.

"난 바빠. 그래서 당신과 함께 있을 수 없어…… 할 일이 많아. 아마 점심 먹으러 갈 시간이 없을 거야…… 여보세요, 응, 지금 클럽에 있어. 약속이 있거든. 그러니 저녁 먹고 먼저 자도록…… 아니야. 나도 모르겠어. 브리히다, 기다리지 않는 편이 더 좋을 거야."

"만일 내가 여자 친구들이라도 있었다면 얼마나 좋을까!"

그녀는 이렇게 한숨을 내쉬며 말하곤 했다. 하지만 모든 사람들은 그녀에게 싫증을 냈다. 좀 덜 멍청했다면 얼마나 좋을까! 하지만 어떻게 단숨에 잃어버린 그토록 광활한 땅을 회복할 수 있을까? 똑똑하기 위해서는 어렸을 때부터 시작해야만 한다. 그렇지 않나요?

그러나 언니들의 남편은 어디를 가든지 언니들을 데려가곤 했다. 반면에 루이스는 그녀를 창피하게 여기고 있었다. 그런 사실을 숨기고 싶지는 않다. 그는 그녀의 무지와 소심함을 창피하게 생각했다. 심지어는 그녀가 열여덟 살을 먹었다는 것까지도 창피해했다. 그런데 왜 그녀에게 나이를 스물하나로 말해달라고 부탁하지 않았을까? 너무도 젊은 그녀의 나이를 그들만 아는 비밀로 간직하면서.

그리고 밤에는 항상 피곤하다며 자리에 눕지 않았던가! 그는 한 번도 그녀의 이야기를 제대로 들은 적이 없었다. 그는 미소를 짓곤 했다. 그래, 그것은 사실이었다. 그는 미소를 지었지만, 그녀는 그것이 기계적인 미소라는 사실을 알고 있었다. 그는 흠뻑 애무를 해주곤 했지만, 그것은 마음에도 없는 애무였다. 그는 왜 그녀와 결혼했을까? 아마 습관처럼 변해버린 그들의 우정을 계속 간직하려는 의도였을 것이다. 그러니까 아마도 그녀 아버지와의 오래된 우정을 더욱 긴밀히 유지하기 위해서 그랬을 것이다.

아마도 남자들에게 인생은 안하무인격으로 지속되는 일련의 규정된 습관인 것 같다. 만일 이런 습관의 족쇄가 끊어진다면, 아마도 혼란과 좌절이 야기될 것이다. 그러면 남자들은 도시의 거리를 방황하면서, 갈수록 엉망진창 옷을 입고, 텁수룩한 수염을 한 채 광장의 벤치에 앉아 하루 종일 보내게 될 것이다. 바로 이런 이유로 루이스는 바쁘게 일분일초를 사는 인생의 습관을 지니고 있는 것이다. 그런데 왜 이런 사실을 전에는 이해하지 못했던 것일까! 이런 점에서 그녀가 정신박약이라고 단정한 그녀의 아버지 말은 일리가 있었다.

"루이스, 눈이 오는 것을 보고 싶어요."

"이번 여름에 유럽에 데려갈게. 그럼 그곳이 겨울이니까 눈을 볼 수 있을 거야."

"이곳이 여름일 때 유럽은 겨울이라는 사실 정도는 나도 이미 알고 있어요. 난 그렇게 바보가 아니란 말이에요!"

그녀는 루이스를 사랑의 환희로 가득 찬 상태로 유도하기 위해, 남편의 몸 위로 올라가서 온몸을 키스로 뒤덮곤 했다. 그리고 울면서 그를 불렀다.

"루이스, 루이스, 루이스……"

"왜 그래? 무슨 일이 있었어? 뭘 원하는 거지?"

"아무것도 아니에요."

"그런데 왜 그런 식으로 나를 불렀지?"

"아니에요. 특별한 이유가 있어서 부른 건 아니에요. 그냥 당신을 부르고 싶었어요."

그러면 그는 다정하게 미소를 지으면서, 즐거운 마음으로 이런 새로운 게임을 받아들였다.

여름이 왔다. 결혼 후 맞는 첫 여름이었다. 하지만 루이스는 새로운 업무 때문에 약속했던 여행을 연기할 수밖에 없었다.

"브리히다, 이번 여름에 부에노스아이레스는 굉장히 더울 것 같아. 당신 아버지와 함께 별장에 가는 게 어때?"

"혼자서요?"

"내가 매주 당신을 보러 갈게. 토요일에 가서 월요일에 오면 되잖아."

그녀는 그에게 욕을 할 태세를 갖추고 침대에 앉았다. 그러나 그의 마음에 상처를 줄 수 있는 심한 욕이 무엇인지 찾을 수가 없었다. 그녀는 그런 것을 하나도 모르고 있었다. 정말 하나도 모르고 있었다. 그녀는 심지어 욕할 줄도 몰랐던 것이다.

"도대체 왜 그래? 브리히다, 뭘 생각하고 있어?"

처음으로 루이스는 그녀의 말에 귀를 기울였다. 그는 그녀의 행동을 눈여겨보다가 걱정된다는 듯이 그녀에게 기대었다. 결혼 후 처음으로 그는 사무실 도착 시간을 넘기고 있었다.

"졸려요……"

브리히다는 베개 사이로 얼굴을 묻으면서 철부지처럼 대답했다.

그날 그는 점심 시간에 클럽에서 전화를 했다. 하지만 그녀는 전화 받기를 거부했다. 그리고는 아무런 생각 없이 발견한 무기를 성난 듯이 휘둘렀다. 그 무기는 다름아닌 침묵이었다.

그날 밤 그녀는 눈을 들어 남편을 바라보지도 않은 채 저녁을 먹었다. 꾹 참고 있다는 표정이 역력했다.

"브리히다, 아직도 화났어?"

그러나 그녀는 대답하지 않았다.

"사랑하는 내 깃털 목걸이, 내가 당신을 사랑한다는 것은 당신도 잘 알잖아. 하지만 온종일 당신과 함께 있을 수는 없어. 난 매우 바쁜 사람이야. 내 나이가 되면 수많은 약속의 노예가 되어버리고 말아."

"……"

"오늘밤에 외출할까?……"

"……"

"나가고 싶지 않아? 좋아, 내가 참지. 말해봐. 몬테비데오에서 로베르토가 전화하지 않았어?"

"……"

"이 옷 참 예쁘군! 새 옷이야?"

"……"

58

"브리히다, 새 옷이야? 말해봐, 대답해봐⋯⋯"

하지만 이번에도 그녀는 침묵을 깨지 않았다.

그러자 놀랍고 엉뚱한 뜻밖의 일이 일어났다. 루이스는 자리에서 일어나 냅킨을 식탁 위로 힘껏 집어던지고는 '쾅' 하고 문을 닫으며 집을 나간 것이다.

그러자 그녀는 너무나 기가 막혀 자리에서 일어났다. 부당한 대우에 화가 치밀어 몸을 떨고 있었다. 그리고 어찌할 바를 모른 채 중얼거렸다.

"그리고 나, 나는⋯⋯ 거의 일년 만에 나는⋯⋯ 처음으로 불평한 건데⋯⋯ 그래, 갈 거야, 오늘밤 당장 집을 나갈 거야! 절대로 이 집에 발을 들여놓지 않을 거야⋯⋯"

그녀는 화가 치밀어 자기 옷방의 옷장을 열고 옷을 꺼내 바닥으로 마구 집어던졌다.

바로 그때 누군가가, 아니 무언가가 창문을 두들겼다.

그녀는 창문으로 달려갔다. 도대체 겁도 없이 무슨 용기로 어떻게 그곳으로 갔는지 몰랐다. 그녀는 창문을 열었다. 고무나무였다. 고무나무는 거세게 불어오는 바람에 마구 흔들리고 있었다. 그리고 창문을 두들긴 것은 다름아닌 나뭇가지였다. 그 여름밤의 하늘 아래로 격렬한 검은 불길에 휩싸여 사지가 뒤틀리고 있다는 것을 보라는 듯이 그 나무는 그녀를 부르고 있었다.

거센 소나기가 차가운 나뭇잎을 때릴 시간이 머지 않았다.

얼마나 기쁜 일인가! 밤새 내내 그녀는 고무나무를 거세게 때려 대면서 나뭇잎 사이로 흘러내리는 빗물 소리를 들을 수 있었다. 그것은 마치 상상 속의 물길처럼 수천 개의 조그만 개울물이 흘러내리는 것과 같았다. 밤새 내내 그녀는 오래된 고무나무가 삐걱거리며 신음하는 소리를 들을 수 있었다. 그리고 커다란 침대 시트 속에 루이스와 함께 있는 그녀가 추위를 타는 척하면서 몸을 웅크리고 있는 동안, 고무나무는 밖에서 분노하듯이 몰아치는 폭풍 이야기를 해주고 있었다.

은빛 지붕 위로 비오듯 쏟아지는 한 움큼의 진주들. 쇼팽. 프레드릭 쇼팽의 「혁명의 에튀드」가 들려온다.

이제 남편은 집요할 정도로 침묵을 지키고 있다. 허구한 날 그녀는 아침 일찍 남편이 침대에서 몰래 빠져나가는 것을 느끼자마자 잠에서 깼다.

이제 옷방이다. 창문은 활짝 열려져 있다. 행복이 가득 차 있는 그 방안에는 강과 초원의 냄새가 떠다니고 있다. 거울은 안개로 뒤덮여 있다.

은밀하게 쏟아지는 폭포수 같은 쇼팽의 음악처럼 빗물은 시끄러운 소리를 내며 고무나무 잎사귀로 흘러내린다. 의자 시트에 새겨진 장미마저 적셔버리는 듯하다. 이제 쇼팽과 빗물은 그녀의 격한 기억 속에서 서로 뒤섞인다.

이렇게 비가 많이 내리는 여름철에는 무엇을 할 것인가? 병에서 회복되는 병자처럼 슬픔에 잠긴 시늉을 하면서 하루

종일 방안에 처박힌 채 시간을 보내야 할까? 어느 날 오후 루이스는 겁먹은 표정으로 일찍 집에 들어왔다. 그는 매우 긴장된 듯이 앉아 있었다. 잠시 동안 침묵이 흘렀다.

"브리히다, 그게 사실이야? 이제 날 사랑하지 않아?"

그러자 그녀는 갑작스런 기쁨에 사로잡혔다. 그녀는 "아니에요, 난 당신을 사랑해요. 루이스, 난 당신을 사랑해요"라고 큰 소리로 외쳤을지도 모른다. 만일 그녀가 말할 수 있도록 충분한 시간을 주고 평소처럼 침착한 태도로 말했다면, 그녀는 그렇게 말했을 것이다. 하지만 루이스는 대답할 시간도 주지 않은 채 이렇게 덧붙였다.

"브리히다, 어쨌거나 별거하는 것이 좋다고는 생각하지 않아. 그건 좀더 심사숙고해야 할 문제야."

그러자 그녀의 가슴속에서 급작스럽게 일었던 충동적인 감정은 일어났던 것과 마찬가지 속도로 빠르게 잠잠해졌다. 뭣 때문에 쓸데없이 흥분하는가! 루이스는 적절한 애정으로 그녀를 사랑하고 있었다. 만일 그녀를 증오하게 된다면, 아마도 그는 충분한 근거를 바탕으로 신중하게 그녀를 미워하게 될 것이다. 그것이 그의 인생이었다. 그녀는 창가로 다가가 차가운 유리 창문에 이마를 기댔다. 그곳에 있는 고무나무는 규칙적으로 조용히 떨어지는 빗방울을 차분히 받아들이고 있었다. 방안은 침묵을 지키면서 깨끗이 정돈된 채 어둠 속에 휩싸여 있었다. 모든 것은 영원하고 고상하게 균형을 이룬 채 멈추어 있는 것 같았다. 그것이 바로 인생이었다. 그리고 이런 상태로 인생을 받아들인다는 것은 어딘지 모르게 위대한 것이 스며들어 있다. 반면에 모든 것을 결정적이고 돌이킬 수 없이 받아들이는 것은 비참한 것이다. 이런 침묵의 밑바닥에서 무겁고 느린 멜로디가 싹터 솟아오르는 것 같았다. 그녀는 잠자코 그런 멜로디를 듣고 있었는데, 그 멜로디에서 흘러나오는 듯한 말은 그녀의 가슴을 꿰뚫고 있었다. 그것은 바로 '항상' '절대로 안돼'와 같은 말이었는데……

이런 식으로 시간과 세월이 흐르는 법이다. 항상! 절대로 안돼! 인생, 삶!

정신을 차리자 그녀는 자기 남편이 방에서 몰래 빠져나갔다는 사실을 알았다.

항상! 절대로 안돼!…… 그리고 눈에 띄지 않게 꾸준히 내리는 비는 아직도 쇼팽의 음악 속에서 속삭이며 계속 울려 퍼지고 있었다.

여름은 뜨거워진 달력을 한 장씩 뜯고 있었다. 화사하고 현혹적인 계절의 달력이 황금 칼처럼 떨어지고 있었다. 또한 늪지의 대기처럼 해로운 습기로 가득 찬 계절의 달력도 떨어지고 있었다. 잠시 불어오는 성난 폭풍으로 가득 찬 계절의 달력과 '공기의 카네이션'을 가져와 거대한 고무나무에 걸어놓는 뜨거운 바람으로 가득 찬 달력도 떨어지고 있었다.

몇몇 아이들은 보도블록을 밀쳐내는 비비꼬인 거대한 뿌리 속에 숨어서 숨바꼭질을 하곤 했다. 그래서인지 나무는 웃음과 속삭임으로 가득 차곤 했다. 그러면 그녀는 창문을 보면서 손바닥을 짝짝 치곤 했다. 그러자 아이들은 함께 놀이를 하고 싶어하는 여자아이의 어린애 같은 미소는 아랑곳하지 않고, 놀라서 흩어지곤 했다.

홀로 외롭게 오랫동안 창가에 팔꿈치를 기댄 채 이리저리 일렁이는 나뭇잎들을 보았다. 강까지 직접 내려가는 내리막 길이었던 그 거리에는 항상 산들바람이 불곤 했다. 그것은 마치 움직이는 물이나 아니면 페치카에서 불안하게 타고 있는 불에 시선을 고정시키는 행동과 같았다. 이렇게 아무 생각도 하지 않은 채 마음의 평화에 사로잡혀 멍하니 시간을 보내곤 했다.

방안이 석양의 연기로 가득 차기 시작할 무렵이 되어서야 비로소 그녀는 불을 켰다. 그러자 전등은 거울 속에서 불을 밝히더니 갑자기 밤을 재촉하는 반딧불처럼 수없이 번져나갔다.

밤이면 밤마다 그녀는 남편 옆에서 잠을 잤다. 그러나 그녀는 깜짝깜짝 놀라 수시로 잠을 깼다. 하지만 그녀의 고통이 너무나 죄어온 나머지 칼로 찌르는 것처럼 그녀에게 상처를 입힐 때나, 아니면 때리거나 혹은 애무하기 위해 루이스를 깨우고 싶은 급박한 욕망이 솟구칠 때에는, 발꿈치로 살살 걸어 옷방으로 도망쳐서 창문을 열곤 했다. 그러면 방은 즉시 은밀한 소리와 비밀스런 존재들로 가득 찼다. 이상스런 발걸음, 새들의 날갯짓, 식물들의 날카로운 비명 소리 그리고 더운 여름밤 별 속에 가라앉은 고무나무 껍질 아래 숨어 있는 귀뚜라미의 신음 소리로 가득 찼던 것이다.

그녀의 맨발이 돗자리 위를 걸을 때면 차가워지듯이, 그녀의 열병은 식어갔다. 그녀는 그 방에서 왜 그리 쉽게 고통받는 것인지 알지 못했다.

쇼팽의 우울한 멜로디는 이 에튀드에서 저 에튀드로 건너뛰면서, 침착하게 서로 다른 우울한 가락을 연결하면서 연주되고 있었다.

가을이 왔다. 마른 나뭇잎들은 공중에서 빙글빙글 돌고 있었다. 그것은 내리막길의 보도 근처에 있는 좁다란 정원의 잔디 위에서 뒹굴기 직전에 행하는 의식이었다. 나뭇잎들은 가지에서 떨어져 바닥으로 내려오고…… 고무나무의 꼭대기는 아직도 푸른색을 간직하고 있었지만, 아래쪽 부분은 붉게 물들면서 마치 무도회의 화려한 망토의 낡은 안감처럼 을씨년스럽게 변해가고 있었다. 그러자 방은 음울한 황금 술잔 속으로 가라앉고 있었다.

소파에 풀썩 몸을 던진 그녀는 참을성 있게 저녁 시간을 기다렸다. 그러나 그것은 루이스가 도착할지 안 할지도 모르는 불확실한 시간이었다. 그녀는 다시 그에게 말을 건넸으며, 아무런 열정도 느끼지 않고 화도 내지 않은 채 다시 그의 아내로 돌아가 있었다. 그녀는 이제 더 이상 그를 사랑하지 않고 있었다. 또한 이제 더 이상 고통도 받고 있지 않았다. 반대로 그녀는 자기가 할 일을 다했을 때 오는 평온함이란 예기치 않은 감정으로 휘감겨 있었다. 이제 그 누구도, 그리고 그 어느 것도 그녀에게 상처를 입힐 수는 없었다. 진정한 행복은 바로 돌이킬 수 없을 정도로 완전히 행복을 잃어버렸다는 확신감 속에 있다는 말은 사실인 것 같았다. 바로 그런 감정을 가질 때 우리는 아무런 희망도 없고 두려움도 없이 다시 인생을 살기 시작한다. 그리고 마침내 조그만 것에서도 기쁨을 즐길 수 있으며, 그것이 더욱 생명력이 길다는 사실을 알게 된다.

번쩍이며 불꽃이 튀더니, 뒤이어 천둥 같은 소리가 들리자 그녀는 벌벌 떨면서 뒷걸음질친다.

이건 간주곡일까? 아니다. 이것은 고무나무다. 그녀는 이런 사실을 알고 있다.

아침 일찍부터 작업이 시작되었지만, 그녀는 아무 소리도 듣지 못했다. 인부들은 단 한 번의 도끼질로 고무나무를 쓰러뜨렸다.

"나무 뿌리가 보도블록을 들어올렸으니 당연히 주민 회의에서……"

눈앞이 아찔해져 그녀는 손으로 눈을 가렸다. 그리고 눈앞이 제대로 보일 때야 비로소 자리에서 일어나 주위를 살펴본다. 무엇을 보고 있는 것일까?

콘서트 홀에 갑자기 불이 밝혀지고, 사람들이 줄지어 나가는 것일까?

아니다. 그녀는 과거의 포로가 되어 웃방에서 나갈 수 없었다. 그녀의 웃방에는 놀랄 정도로 무서운 한줄기 흰빛이 엄습하고 있었다. 마치 지붕이 날아가버린 것 같은 모습이었다. 모진 불빛이 사방으로 들어와서는 그녀의 모든 땀구멍으로 스며들어 그녀를 추위에 떨게 하고 있었다. 그녀는 이 차가운 불빛에 휩싸인 모든 것을 보고 있었다. 주름살 진 루이스의 얼굴, 형편없이 색 바랜 힘줄로 고랑을 이룬 손, 강렬한 색의 의자 시트.

너무나 놀라 그녀는 창가로 달려갔다. 창문은 이제 좁은 거리 쪽으로 열려져 있다. 그 거리는 너무나 좁은 나머지 환하게 불을 밝힌 스카이빌딩의 현관 지붕과 부딪칠 지경이다. 아래층의 수많은 쇼윈도가 화장품 병으로 가득 차 있다. 길모퉁이에는 자동차 행렬이 붉게 색칠한 주유소 앞을 줄지어 달려간다. 셔츠 소매를 걷어붙인 몇몇 아이들은 보도 한가운데서 공을 찬다.

이런 모든 추한 모습들이 이미 그녀의 거울 속으로 들어와 있다. 그녀의 거울 속에는 니켈도금이 된 발코니와 빨랫줄에 걸은 누더기들과 카나리아 새장도 있다.

이런 것들은 그녀만이 은밀히 간직하던 비밀을 빼앗아버렸다. 그녀는 자기가 길 한복판에 벌거벗고 있다는 사실을 깨달았다. 잠을 자기 위해 등을 돌리고 자식 한 명도 주지 않은 늙은 남편 앞에 벌거벗은 채 있었다. 그녀는 어떻게 자식 갖는 것을 그때까지 원치 않았으며, 어떻게 평생 동안 자식 없이 살려는 생각에 동의했는지 이해할 수가 없었다. 또한 지난 1년 동안 루이스의 가증스런 위선적인 미소를 참아낼 수 있었는지 이해할 수 없었다. 사실 루이스는 너무 활달하게 웃었다. 그러나 그것은 웃을 필요가 있는 특별한 경우에 웃도록 길들여진 거짓 웃음이었다.

거짓말이야! 그녀가 체념했고 마음의 평화를 찾았다는 것은 모두 거짓이야! 그녀는 사랑을 원했어, 그래, 여행과 미친 듯한 사랑을 원했던 거야. 사랑, 그리고 또 사랑을……

"그런데 브리히다, 왜 가는 거지? 무엇 때문에 그토록 오래 거기에 있었던 거지?"

루이스는 이렇게 물은 적이 있었다.

이제 그렇게 물으면 그녀는 그에게 대답할 말이 무엇인지 알고 있다.

"나무, 루이스, 나무예요! 사람들이 고무나무를 쓰러뜨렸어요."

파울리나를 기리며
En memoria de Paulina

아돌포 비오이 카사레스

나는 항상 파울리나를 사랑했다. 첫 기억 중의 하나는 파울리나와 내가 두 개의 돌사자상이 새겨진 정원의 월계수로 드리워진 어두운 정자 안에 숨어 있었던 것이다. 파울리나는 내게 "난 푸른색이 좋아, 난 포도가 좋아, 난 얼음이 좋아, 난 장미가 좋아, 난 백마가 좋아"라고 말했다. 그러자 나는 내 행복이 이미 시작되었다는 사실을 알았다. 바로 그런 취

아돌포 비오이 카사레스 Adolfo Bioy Casares(아르헨티나, 1914~1999): 보르헤스와 더불어 아르헨티나 소설계의 대부로 일컬어지며, 전 세계의 비평계로부터 찬사를 한 몸에 받은 환상문학가. 그의 작품은 환상과 현실이 멋지게 조화를 이루기로 정평이 나 있음. 1940년 실비나 오캄포와 결혼했으며, 1981년 프랑스 레지옹 도뇌르 훈장을 받았고, 1990년에는 세르반테스 상을 수상했음. 주요 소설로는 『모렐의 발명』(1940), 『영웅의 꿈』(1954), 『햇빛 아래서 잠자기』(1973) 등이 있으며, 작품집으로는 『미래를 향한 17발의 총쏘기』(1933), 『집안의 석상』(1936), 『천국의 이야기』(1948), 『파우스트의 전야』(1949), 『여자들의 영웅』(1978) 등이 있음.

향 속에서 나는 파울리나와 하나가 될 수 있었기 때문이다. 우리는 기적이 일어난 듯이 너무나 똑같았다. 그래서 내 여자 친구는 세상의 중심에서 우리의 영혼들이 마지막으로 만나는 장면에 관해 쓴 책의 한쪽 귀퉁이에 이렇게 썼다. "우리의 영혼은 이미 하나가 되었어요." 당시 '우리'라는 말은 그녀의 영혼과 내 영혼을 의미했다.

우리 두 사람이 어떻게 이렇게 똑같을 수 있을까라는 사실을 납득하기 위해, 나는 자신이 아마도 아득한 시절에 서둘러 만들어진 파울리나의 초고(草稿)일 것이라고 추정했다. 나는 내 공책의 모든 시는 완전한 시의 초고며, 모든 것에는 하느님이 예정한 것이 있다고 썼던 기억이 난다. 그러면서 내가 파울리나와 흡사하게 보일 수 있는 것은 전생(前生)에서부터 예정된 일이라고 생각하기도 했다. 나는 파울리나와 하나가 된다는 것은 내 존재가 지닐 수 있는 최고의 가능성임을 알았고 심지어는 아직도 그렇게 생각하고 있다. 또한 그녀가 나의 천성적인 결함과 우둔함과 게으름과 허영심에서 해방시켜줄 안식처라고 생각했다. 이후 우리의 삶은 달콤한 나날의 연속이었다. 그래서 우리는 미래의 결혼을 자연스럽고 당연한 것으로 여기며 기다리게 되었다. 내가 어린 나이에 조숙하게 문학적 명성을 누리고 있다는 사실을 모르던 파울리나의 부모님들은 나의 달변에 빠져 내가 대학을 마치면 결혼을 시켜주겠다고 약속했다. 우리들은 일하고 여행하고 사랑할 충분한 시간을 가질 수 있도록 미래를 정돈하는 상상에 수없이 빠지곤 했다. 너무나 멋지고 생생하게 상상했기 때문에, 우리는 이미 우리가 함께 살고 있다고 믿고 있었다.

우리가 결혼에 관해 이야기했다고 해도, 사랑하는 애인처럼 서로를 대한 것은 아니었다. 우리는 어린 시절을 함께 보냈고, 우리들 사이에는 아이들의 우정처럼 소심한 면이 자리 잡고 있었다. 나는 애인의 역할을 구체화할 엄두를 내지 못했고, 따라서 진지한 어조로 "널 사랑해"와 같은 말을 하지 못하고 있었다. 그러나 얼마나 그녀를 사랑했던가! 그런 무한한 사랑으로 나는 넋을 잃은 채 조심스럽게 그녀의 찬란하게 빛나는 완벽한 얼굴을 바라보고 있었다.

파울리나는 내가 친구들을 집으로 부르는 것을 좋아했다. 그녀는 모든 것을 준비했으며, 초대한 손님들을 대접했고, 아무도 모르게 내 아내의 역할을 수행했다. 고백하건대, 나는 이런 모임들을 좋아하지 않았다. 훌리오 몬테로가 작가들을 사귈 수 있도록 우리가 제공한 모임도 예외는 아니었다.

그 모임이 있기 전날 밤, 몬테로는 처음으로 나를 찾아왔다. 그때 그는 두툼한 원고를 들이대면서 자기의 미출판된 작품이 다른 사람이 쓴 작품보다 앞서 씌어졌다면서 말도 안 되는 권리를 주장했다. 그가 방문하고 돌아간 지 얼마 지나지 않아서, 나는 핏발이 선 채 거의 까맣게 되어버렸던 그의 얼굴을 이미 잊어버렸다. 그가 내게 읽어준 작품에 관해 언급하자면, 몬테로는 비통의 충격이 너무 강하게 나타나 있지는 않은지 솔직하게 의견을 말해달라고 신신당부했었다. 그의 작품은 분명히 다른 작가들을 모방하려는 의도를 알게 모르게 나타내고 있었다. 이런 점에서 그의 작품은 뛰어날지 몰랐다. 작품의 중심 생각은 그럴싸한 궤변에서 출발하고 있었다. 특정한 멜로디가 바이올린과 바이올린 연주자의 관계에서 나온다면, 문학 작품에서의 행동과 재료의 관계는 각 인물의 영혼에서 탄생되는 것이다. 그런데 그 이야기의 주인공은 영혼을 만들 수 있는 기계를 제작하고 있었다. 그 기계는 바로 나무와 노끈이 달린 일종의 캔버스였다. 그런 다음에 주인공은 죽었다. 사람들은 밤샘을 하며 장례를 치렀고, 시체를 묻었다. 그러나 그는 캔버스 속에서 아무도 모르게 살아 있었다. 마지막 부분에서 캔버스는 어느 여인이 죽은 방에서 입체 거울과 방연광석의 삼각대 옆에 모습을 드러냈다.

내가 줄거리의 문제점을 지적해주자, 몬테로는 작가들을 알고 싶다면서 이상한 욕심을 보였다.

"그럼 내일 저녁때 와. 몇몇 작가들을 소개해줄 테니."

나는 그에게 이렇게 말했다.

그는 자신을 야만인이라고 설명한 후, 초대를 받아들였다. 그가 돌아간다고 하자, 나는 기분이 좋았는지 그를 아파트 입구까지 배웅해주었다. 우리가 엘리베이터에서 나오자, 몬테로는 아파트 마당에 있는 정원을 바라보았다. 종종 석양의 희미한 햇빛 속에서 현관 안쪽의 홀과 마당을 분리하는 유리문을 통해 정원을 쳐다보면, 이 조그만 정원은 호수 안쪽에 있는 숲처럼 신비스런 이미지를 풍기곤 했다. 밤에는 엷은 자줏빛 불빛과 오렌지색 불빛을 받아 캐러멜 색의 끔찍한 천국으로 변하곤 했다. 몬테로는 그 정원을 바로 그런 밤에 보았다.

"솔직히 말할게."

그는 정원에서 눈을 떼지 못하면서 내게 말했다.

"네 집에서 본 것 중에서 이게 가장 내 관심을 끌어."

다음날 파울리나는 일찍 집에 왔다. 오후 다섯시경이 되자 손님들을 맞을 모든 준비가 완료되었다. 그러자 나는 그녀에게 푸른 돌로 만들어진 조그만 중국제 석상을 보여주었다. 그날 아침 내가 골동품 가게에서 산 그 석상은 두 발을 공중으로 쳐들고, 갈기를 오뚝 세운 야생마였다. 가게 주인은 그것이 정열을 상징한다고 자신 있게 말했다.

파울리나는 그 말을 서재의 책장 위에 올려놓고 큰 소리로 외쳤다.

"인생의 첫 열정처럼 너무나 아름다워!"

내가 선물하겠다고 말하자, 갑자기 그녀는 팔로 내 목을 껴안고 키스를 했다.

우리는 식당에서 차를 마셨다. 나는 2년 간 런던에서 공부

할 수 있는 장학금을 제의 받았다고 말했다. 곧 우리는 결혼
이 임박했으며, 여행을 할 것이라고 생각했다. 또한 런던에
서 꾸밀 우리의 보금자리도 생각했다. 우리에게는 이런 보금
자리가 결혼처럼 금방 다가올 현실로 보였던 것이다. 우리는
가계(家計)를 어떻게 꾸려나갈 것인지, 우리가 달콤하게 고
통받을 궁핍한 상황과, 공부와 산책과 휴식과 일할 시간을
어떤 식으로 분배할 것인지, 그리고 내가 학교 수업을 듣는
동안 파울리나는 무엇을 할 것인지, 우리가 무슨 옷과 무슨
책을 가져갈 것인지를 진지하게 생각했다. 이렇게 한참 동안
계획을 세운 후, 우리는 내가 장학금을 받지 않는 편이 좋을
것이라는 생각에 이르렀다. 1주일만 있으면 시험이었지만,
이미 파울리나의 부모님들은 우리의 결혼을 연기시킬 것이
분명했기 때문이었다.

　손님들이 도착하기 시작했다. 나는 별로 기분이 좋지 않았
다. 나는 사람들과 대화를 할 때마다, 어떤 핑계를 대야 그
사람들을 놔둔 채 자리에서 뜰 수 있을까만 생각하고 있었
다. 그러므로 상대편이 흥미를 보일 주제를 제안한다는 것은
거의 불가능한 일이었다. 그리고 만일 무언가를 기억하려고
할 때면, 기억이 나지 않거나 혹은 너무 먼 기억 속에서 간직
하고 있는 듯이 보였다. 초조한 마음으로 아무런 일도 하지
않으면서 기운 없는 표정으로 나는 이 그룹 저 그룹을 왔다
갔다했다. 그리고 사람들이 빨리 가서, 우리들만 남게 되어,

비록 짧은 시간이나마 우리가 함께 있고, 그녀를 집까지 바래다줄 시간이 오기를 간절히 바라고 있었다.

창가 근처에서 내 애인은 몬테로와 대화를 나누고 있었다. 내가 쳐다보자, 파울리나는 눈을 들어 나를 향해 완벽하게 생긴 얼굴을 돌렸다. 나는 파울리나의 애정 어린 얼굴 속에 그 누구도 침범할 수 없는 도피처가 있다고 믿었다. 그곳은 바로 우리가 항상 있던 장소였다. 얼마나 그녀에게 사랑한다는 말을 하고 싶었던가! 나는 사랑한다고 말하는 것이 유치하고 말도 안되게 창피한 것이라는 생각을 그날 밤 당장 떨쳐버리겠다고 굳게 결심했다. 만일 지금 이런 내 생각을 전할 수만 있다면 얼마나 좋을까, 라고 나는 한숨을 지었다. 그녀의 시선 속에는 갑작스럽게 고결하고 밝은 감사의 눈빛이 고동치고 있었다.

파울리나는 어떤 남자가 천국에서 여자를 만났는데, 그 여자가 인사를 하지 않자 멀리 떠났다고 쓴 시가 있는데, 그 시가 무엇이냐고 물었다. 나는 그것이 브라우닝〔영국의 시인. 이 시인의 작품과 '파울리나' 사이에는 여러 가지 공통점이 있다. 1833년에 브라우닝은 어느 청년이 여인에게 사랑을 고백하는 시 「폴라인 Pauline」을 쓰는데, 여기에서 언급하는 대목은 "나는 당신을 이전에 알았습니다/그러나 우리가 천국에서 만났다면/난 당신을 바라보기 위해 내 얼굴을 돌리지 않고/그냥 지나갔을 것입니다"인 것 같다: 옮긴이 주〕의 시라는 사실을 알고 있었으며,

막연하게나마 시구를 기억하고 있었다. 나는 저녁 내내 옥스퍼드 판 시집을 뒤지며 그 시를 찾았다. 손님들이 나를 파울리나와 함께 있게 내버려두지 않는다면, 다른 사람들과 대화를 하느니 차라리 그녀를 위해 무언가를 찾는 것이 더 좋을 것이라는 생각이 들었기 때문이었다. 하지만 이상하게도 갑자기 눈앞이 흐려졌고, 나는 그 시를 찾지 못하면 문인으로서의 내 명성에 해가 되지는 않을까, 라고 걱정하면서 마음속으로 초조해했다. 나는 창가를 바라보았다. 피아노를 치고 있던 루이스 알베르토 모르간은 이런 초조한 내 마음을 눈치챘음에 틀림없었다. 그가 이렇게 말했기 때문이다.

"파울리나가 몬테로에게 집을 보여주고 있어."

나는 어깨를 으쓱거리면서 간신히 불쾌함을 감추었고, 다시금 브라우닝 책에 관심을 보이는 척했다. 나는 곁눈으로 모르간이 내 방으로 들어가는 것을 보았다. 그러면서 '아마 파울리나를 부르겠지'라고 생각했다. 잠시 후 몬테로는 파울리나와 모르간과 함께 모습을 드러냈다.

마침내 누군가가 가야겠다고 했고, 얼마 후 아무 걱정 없던 다른 사람들이 천천히 자리를 떠났다. 그러자 파울리나와 나와 몬테로만 있는 시간이 되었다. 그때 파울리나는 내가 두려워하고 있던 말을 했다.

"너무 늦었어. 가야 할 것 같아."

그 말을 듣자 몬테로가 재빠르게 끼여들었다.

"괜찮다면 내가 집까지 바래다줄게요."

"나도 함께 갈게."

나는 이렇게 대답했다.

나는 파울리나에게 말했지만, 시선은 몬테로를 향하고 있었다. 나는 내 두 눈이 그를 경멸하고 증오하고 있다는 사실을 전해주길 원했다.

아래층에 내려오자, 나는 파울리나가 손에 중국 말을 갖고 있지 않음을 알아차렸다. 그래서 말했다.

"내가 준 선물을 잊고 온 것 같은데."

나는 아파트로 올라가 말을 갖고 왔다. 그들은 유리문에 기대어 정원을 바라보고 있었다. 나는 파울리나의 손을 잡고, 몬테로가 우리 사이에 끼지 못하게 했다. 대화를 나누면서 나는 몬테로가 함께 있지 않은 것처럼 파울리나에게만 말을 했다.

그는 기분 나빠하지 않았다. 우리가 파울리나와 작별을 하자, 그는 우리 집까지 배웅해주겠다고 고집을 피웠다. 돌아오는 도중에 그는 문학에 관해 말했다. 아마도 솔직하고 열렬하게 말했던 것 같다. 나는 마음속으로 이렇게 말했다. '그는 문학도야. 반면에 나는 한 여인에게만 경솔하게 관심을 쏟아 피곤한 남자고.' 나는 육체적으로 우람한 그의 모습과 문학적으로 연약한 그의 모습 사이에 어떤 부적절한 것이 있다고 여기면서 생각에 잠겼다. '껍질이 몸을 가득 에워싸

76

고 있군. 그러니 상대편이 느끼는 것을 알아차리지 못할 수밖에.' 나는 증오의 눈길로 크게 뜬 그의 눈과 뻣뻣한 수염과 씩씩한 목덜미를 바라보았다.

그 주에 나는 파울리나를 거의 만나지 못했다. 나는 열심히 공부했다. 마지막 시험이 끝나자, 나는 그녀에게 전화를 걸었다. 그녀는 계속해서 축하한다고 했는데, 그건 어딘지 부자연스러워 보였다. 그리고 마침내 저녁때 우리 집에 들르겠다고 말했다.

나는 낮잠을 자고, 천천히 목욕을 한 다음 뮐러와 레싱의 파우스트에 관한 책을 읽으며 파울리나를 기다렸다.

그녀가 모습을 나타내자 나는 이렇게 소리쳤다.

"어딘지 바뀐 것 같아."

"맞아! 우린 서로를 너무나 잘 아는 것 같아! 내가 마음속으로 느끼는 것을 말할 필요도 없어."

우리는 너무나 기쁜 환희의 상태에서 서로의 눈을 바라보았다.

"고마워."

나는 이렇게 대답했다.

파울리나가 우리의 영혼이 하나가 되었다는 사실을 인정하는 것보다 나를 감동시키는 것은 없었다. 나는 이것이 애정의 표현이라고 굳게 믿었다. 하지만 파울리나의 이런 말들이 또 다른 의미를 숨기고 있는 것은 아닐까, 라며 의심하는 마음으로 물었지만, 그것이 언제였는지는 잘 기억이 나지 않는다. 어쨌건 내가 이런 가능성을 진지하게 생각하기도 전에, 파울리나는 애매한 설명을 하기 시작했다. 나는 이런 말을 들었다.

"그 첫날 오후에 이미 우리는 미칠 정도로 사랑에 빠졌어."

나는 도대체 누가 사랑에 빠졌느냐고 내심 물었다. 파울리나는 계속해서 말했다.

"질투심이 많아. 그러나 우리의 우정을 반대하지는 않아. 하지만 나는 당분간 너를 안 만나겠다고 맹세했어."

나는 일말의 기대를 갖고 내 마음을 진정시켜줄 파울리나의 말을 기다렸다. 파울리나가 진담으로 말하고 있는 것인지, 아니면 농담으로 말하는 것인지 전혀 알 수가 없었다. 그녀는 내 얼굴에 어떤 표정이 서렸는지조차 알지 못하고 있었다. 또한 내가 마음속으로 얼마나 슬픔을 느끼고 있는지도 알지 못하고 있었다. 파울리나는 이렇게 덧붙였다.

"갈게. 훌리오가 날 기다리고 있어. 우리를 방해하지 않으려고 올라오지 않았어."

"누구라고?"

나는 파울리나에게 물었다.

나는 아무 일도 일어나지 않은 것처럼 태연했지만, 파울리나가 우리의 영혼이 이제는 더 이상 함께 하지 않는다는 내 본연의 마음을 숨기고 있다는 것을 알게 될까봐 겁내고 있었다.

하지만 파울리나는 태연스럽게 대답했다.

"훌리오 몬테로."

그 대답을 듣고 나는 전혀 놀라지 않은 척했지만, 그 끔찍한 오후에 그 두 단어처럼 나를 충격으로 몰아넣은 것은 없었다. 처음으로 나는 파울리나와 멀리 떨어져 있다고 생각했다. 나는 거의 경멸스럽다는 표정으로 물었다.

"결혼할 거야?"

그녀가 뭐라고 대답했는지는 기억이 나질 않는다. 아마 결혼식에 나를 초대한다고 말했던 것 같다.

그 일이 있은 후 나는 혼자가 되었음을 알았다. 이 모든 것은 말도 안 되는 일이었다. 몬테로처럼 파울리나와 어울리지 않는 사람은 없었다. 또한 나와 파울리나처럼 잘 어울리는 사람도 없었다. 아니면 내가 잘못 생각한 것일까? 만일 파울리나가 그 남자를 사랑한다면, 아마도 나와 닮은 점이 전혀 없었을 것이다. 그러나 파울리나가 나를 버리겠다고 한 말도 충분치 않았는지, 이런 끔찍한 진실을 여러 차례나 내 마음대로 생각하고 있다는 사실을 깨달았다.

나는 매우 슬펐지만, 질투를 느끼지는 않았다고 생각한다. 나는 침대에 엎드려 누웠다. 손을 뻗자, 한참 전에 읽었던 책이 잡혔다. 나는 역겨워 그 책을 멀리 던져버렸다.

나는 밖으로 나가 무작정 길을 걸었다. 길모퉁이에서 조그만 회전 목마를 보았다. 나는 그날 오후를 무사히 넘기고 살아갈 수 없을 것처럼 느꼈다.

몇 년 동안 나는 그녀를 기억했고, 극단적인 고독보다는 이런 단절의 고통스런 순간이 더 좋았다. 적어도 그 순간은 그녀와 함께 보냈기 때문이다. 그래서 나는 그 순간들을 기억하면서 거리를 돌아다녔고, 자세히 되돌아보았으며, 그 순간들을 다시금 되살리려고도 했다. 이런 고통스런 생각 속에서 나는 이런 일들에 대한 또 다른 해석을 찾게 되었다. 가령 내게 자기 애인의 이름을 말하던 목소리가 너무도 다정했다는 사실에 놀란 나머지 처음에는 감격했다. 나는 파울리나가 나를 가엾게 여기고 있는 것이라고 생각하면서, 전에 그녀의 사랑이 나를 감동시켰던 것처럼 그녀의 친절한 마음씨에 감동했다. 그런 다음 다시 생각을 가다듬자, 그런 애정 어린 목소리는 나를 위해서가 아니라 바로 그녀의 입에서 말한 이름을 사랑하기 때문이라고 추측했다.

나는 장학금을 받기로 했고, 아무에게도 말하지 않고 여행 준비에 전념했다. 그러나 이 소식은 널리 퍼졌다. 내가 떠나기 전날 저녁에 파울리나가 찾아왔다.

나는 그녀와 멀어졌다고 느끼고 있었다. 그러나 그녀를 보는 순간 다시 사랑에 빠졌다. 파울리나는 아무 얘기도 하지 않았지만, 나는 그녀가 몰래 찾아왔음을 눈치챘다. 나는 너무 고마워 몸을 떨면서 그녀의 손을 잡았다. 그러자 파울리나가 말했다.

"난 항상 널 사랑할 거야. 어쨌거나 그 누구보다도 너를 사랑할 거야."

아마도 그녀는 자기가 나를 배신했다는 사실을 알고 있었던 것 같다. 하지만 나는 그녀가 몬테로를 배신하지 않을 것이라는 것을 의심하지 않고 있었다. 이런 내 마음을 알고 있던 그녀는 의도적으로 자기가 배신을 하겠다는 말을 한 것이 마음에 걸렸는지, 이렇게 덧붙였다. 물론 이것이 나에게 한 말이 아니면, 아마도 누군가 증인이 있을 것이라며 상상하면서 말한 것 같았다.

"물론 너에게 느끼는 감정은 헤아릴 수가 없어. 하지만 난 지금 훌리오를 사랑하고 있어."

이것 이외의 다른 말도 했지만, 그것은 그리 중요한 말은 아니었다. 과거는 이미 황량한 지역이었고, 그 안에서 그녀는 몬테로만을 기다리고 있었던 것이다. 그녀는 우리의 사랑이나 우정 따위는 기억하지 않았다.

그런 다음 우리는 잠시 더 대화를 나눴다. 나는 매우 섭섭한 마음이었다. 그래서 바쁜 일이 있는 듯한 표정을 지었다. 나는 그녀를 엘리베이터까지 배웅했다. 그런데 엘리베이터 문이 열리자, 커다란 소리가 사방에 울려퍼졌고, 곧 이어 비가 내렸다.

"택시를 잡아올게."

나는 이렇게 말했다.

그러자 갑작스럽게 격앙된 목소리로 파울리나는 내게 소리쳤다.

"안녕, 내 사랑."

그녀는 뛰어서 거리를 건넌 다음 멀리 사라졌다. 나는 슬픈 마음으로 집에 돌아왔다. 그런데 눈을 들자 어떤 사람이 정원에 웅크리고 있음을 알았다. 그 사람은 몸을 일으키더니, 두 손과 얼굴을 유리문에 갖다대었다. 그는 바로 몬테로였다.

연보라 불빛과 오렌지색 불빛이 어두운 정원의 푸른 색 위로 서로 교차하고 있었다. 몬테로가 비에 젖은 유리문에 얼굴을 갖다대자 그 얼굴은 희고 일그러져 보였다.

나는 수족관과 수족관 속의 물고기들을 생각했다. 그런 다음 씁쓸한 마음으로 몬테로의 얼굴은 다른 괴물들을 떠올리게 한다고 중얼거렸다. 즉, 바다 깊숙이 살아 물의 압력으로 일그러진 물고기들 같다고 생각했던 것이다.

다음날 아침 나는 유학을 떠났다. 여행중에 거의 나는 선실에서 나오지 않았다. 나는 열심히 글을 쓰고 공부했다.

나는 파울리나를 잊으려고 했다. 영국에서 공부하던 2년 동안, 나는 가능한 한 그녀를 떠올릴 수 있는 모든 것을 피했다. 아르헨티나 친구들을 만나지 않은 것부터 일간 신문에 아주 가끔씩 나오던 부에노스아이레스 기사도 읽지 않았다.

그러나 꿈속에서는 그녀가 나타났다. 너무나 사실적이고 생생했기 때문에, 내가 잠이 오지 않을 때 그녀를 억지로 잊으려고 했던 내 생각과는 정반대로 내 영혼이 움직이는 것은 아닌지 자문(自問)하기도 했다. 나는 억지로 그녀의 기억을 회피했다. 첫 해가 끝날 무렵 나는 밤에도 그녀의 존재를 거의 생각하지 않은 채 그녀를 잊을 수 있었다.

그러나 내가 유럽에서 돌아온 날 오후, 나는 다시 파울리나를 생각하기 시작했다. 나는 걱정에 사로잡혀, 혹시 집안에 그녀의 기억이 생생히 살아 있으면 어떻게 하나, 라고 내심 말했다. 내 방에 들어서자, 나는 감정에 사로잡혔다. 그리고 내가 이 방에서 알게 되었던 기쁨과 슬픔의 두 극단을 떠올리고 과거를 기념하면서 경건하게 발길을 멈추었다. 그러자 창피한 생각이 떠올랐다. 그것은 기억 속에 깊이 간직하고 있던 우리 사랑의 순간적인 비밀이 떠올라 감격한 것이 아니라 창문으로 들어오는 강한 햇빛 때문에 감격한 것이라는 사실을 알았기 때문이었다. 나는 바로 부에노스아이레스의 햇빛 때문에 감격한 것이었다.

오후 네시경에 나는 길모퉁이까지 가서 커피 1킬로그램을 샀다. 빵집 주인은 나를 알아보고, 예의를 갖추어 요란하게 인사를 했다. 그러면서 적어도 6개월 전부터 내가 그 집에서 빵을 사지 않은 것 같다고 말했다. 이런 다정한 말이 끝나자, 나는 소심하고 체념한 듯한 표정으로 500그램의 빵을 달라고 했다. 그러자 그는 평소처럼 내게 물었다.

"구운 걸로 줄까요, 아니면 흰 빵으로 줄까요?"

나는 평소처럼 대답했다.

"흰 빵이오."

나는 집으로 돌아왔다. 마치 크리스털처럼 맑은 날이었지만 매우 쌀쌀했다.

커피를 준비하는 동안, 나는 파울리나를 생각했다. 오후 늦게 우리는 항상 블랙 커피를 함께 마시곤 했다.

꿈속에 있는 것처럼 나는 편안하고 차분한 상태에서 감정적이고 미친 듯한 상태로 무차별적으로 옮겨갔다. 그러더니 이내 파울리나의 모습이 나타났다. 그녀를 보자, 나는 무릎을 꿇고 그녀의 손에 얼굴을 파묻고서 처음으로 그녀를 잃어버렸다는 고통으로 울었다.

그녀는 이런 식으로 내 꿈속에 도착했다. 우선 문을 세 번 두드리는 소리가 났고, 나는 갑자기 찾아온 사람이 누구인지 생각했다. 그러면서 갑자기 방문한 사람 때문에 커피가 식을지도 모른다고 생각했다. 이렇게 커피만을 생각하면서 문을 열었다.

시간이 길었는지 짧았는지는 모르겠다. 어쨌든 그 다음 파울리나는 내게 자기를 따라오라고 지시했다. 나는 그녀가 뛰어가고 있음을 알았다. 그것은 그녀가 마치 우리가 저지른 지난날의 실수를 납득하고 있는 듯이 보였다. 내가 보기에

(하지만 예전의 실수와 똑같은 실수를 번복했을 뿐만 아니라 그 날 오후 나는 그녀에게 불충실했다) 아주 굳은 결심을 한 듯이 그 실수를 바로잡으려는 것 같았다. 그녀는 내게 "손을 잡아! 지금 당장!"이라고 말하면서, 손을 잡아달라고 부탁했고, 나는 그런 행운을 놓치지 않았다. 우리는 서로 눈을 마주보았고, 마치 두 강이 합류하는 것처럼 우리의 영혼 또한 하나가 되었다. 밖에서는 빗물이 천장 위로 떨어지고, 또 벽에 부딪치고 있었다. 그리고 나는 온 세상이 다시 태어나는 것 같은 그 비를 무시무시하게 번져가는 우리의 사랑이라고 해석했다.

그렇게 감격해 있었지만, 나는 몬테로가 파울리나의 말투에 영향을 끼쳤다는 사실을 알 수 있었다. 그 순간, 그러니까 그녀가 말하는 동안, 나는 내 경쟁자의 목소리를 듣는다는 불쾌한 인상을 받았다. 나는 그의 특징인 답답한 어조를 알아들었고, 정확한 용어를 사용하려는 순진하면서도 힘든 시도를 하고 있음을 알았다. 또한 아직도 창피할 정도로 그 누구도 흉내낼 수 없는 저속한 말을 사용하고 있음을 알았다.

나는 무진 노력을 한 끝에 그런 상태를 극복할 수 있었다. 나는 얼굴과 미소와 눈을 보았다. 그곳에 바로 참되고 완벽한 파울리나가 있었다. 그곳에서는 아무것도 바뀌지 않고 있었다.

거울은 화관과 검은 천사가 새겨진 꽃무늬 틀로 둘러싸여 있었다. 그러나 내가 거울의 수은빛 어둠 속에서 그녀를 응시하자, 그녀는 달라진 것 같았다. 마치 파울리나의 다른 판본(版本)을 발견한 것 같았으며, 내가 새롭게 그녀를 바라본다고 생각했다. 나는 우리가 헤어져 있어서 그런지 예전의 그녀가 아닌 것 같다고 말하면서, 그 동안 더 아름답게 변해 내게 되돌아와서 고맙다고 말했다.

그러자 파울리나가 말했다.

"갈게. 훌리오가 기다리고 있어."

나는 그녀의 목소리에 경멸감과 불안이 뒤섞인 이상한 점이 있음을 눈치챘다. 나는 쓸쓸한 마음으로 생각에 잠겼다. 마치 파울리나가 예전에 아무도 배신하지 않았던 것처럼 생각했다. 그러나 내가 눈을 들자, 그녀는 이미 가고 없었다.

잠시 머뭇거린 후에 나는 그녀를 불렀다. 나는 다시 그녀를 부른 다음, 현관 입구로 내려가 거리로 뛰어나갔다. 하지만 그녀를 찾을 수는 없었다. 돌아오는 길은 추웠다. 나는 '날씨가 쌀쌀해졌군. 이게 모두 소나기 때문이야'라고 생각했다. 그런데 거리에는 비 한 방울 없었다.

집에 도착하자, 나는 시계를 보았다. 시계는 아홉시를 가리키고 있었다. 나는 저녁을 먹으러 밖으로 나가고 싶지 않았다. 내가 아는 누군가를 만날 수 있다는 가능성이 나를 이렇게 소심하게 만들고 있었다. 나는 약간의 커피를 준비했다. 그리고 두세 잔의 커피를 마신 다음, 빵 한 조각을 입에 넣었다.

나는 우리가 언제 다시 만나게 될지조차 모르고 있었다. 나는 파울리나와 말을 하고 싶었다. 나는 그녀에게 확실히 말해달라고…… 갑자기 이렇게 역겨운 생각을 하는 내 자신이 놀라웠다. 운명은 내게 모든 행운을 주었지만, 나는 그런 것에 만족하고 있지 않았다. 그날 저녁은 우리 인생의 절정이었다. 파울리나는 그렇게 이해했던 것이다. 그리고 나 자신도 그렇게 받아들였던 것이다. 그래서 우리는 거의 말을 하지 않았던 것이다(말하거나 질문을 한다는 것은 우리 둘이 서로 다름을 보여주는 것이었다).

나는 파울리나를 다시 보기 위해 다음날까지 기다릴 수가 없었다. 이런 답답한 마음을 풀고자 나는 그날 밤 몬테로의 집으로 가기로 결심했다. 그러나 이내 그런 생각을 떨쳐버렸다. 파울리나에게 말하지도 않은 채 그들을 찾아갈 수는 없는 일이었다. 나는 친구를 찾아가기로 했다. 내가 보기에 가장 적당한 친구는 루이스 알베르토 모르간이었다. 그리고 그에게 내가 아르헨티나에 없는 동안 파울리나의 삶이 어땠는지 아는 대로 모두 말해달라고 부탁하기로 했다.

그런 다음 나는 침대에 누워 잠을 자는 것이 가장 좋은 방법이라고 생각했다. 이렇게 휴식을 취하면, 모든 것이 더 확실하게 이해될 것 같았다. 한편 나는 사람들이 함부로 파울리나에 관해 이야기하는 것을 참고 들을 준비가 되어 있지 않았다. 침대에 들어가자 나는 올가미에 들어가는 인상을 받았다(잠이 오지 않으면 우리는 침대에 누워 있지만, 자기가 밤을 새고 있다는 사실을 깨닫지 못하는 불면의 밤을 떠올린 것 같았다). 나는 불을 껐다.

나는 파울리나의 행동을 더 이상 생각하지 않기로 했다. 그녀의 상황을 이해하기에는 내가 아는 것이 너무도 없었다. 그러나 마음을 비우고 생각을 멈출 수도 없었기에, 나는 그날 저녁을 기억하면서 마음속으로 도피하기로 했다.

그녀의 행동 속에 이상하고 혐오스런 점이 있어서 나는 그녀와 멀어진 것처럼 느꼈지만, 나는 파울리나의 얼굴을 계속해서 사랑하고 있었다. 얼굴은 예전과 마찬가지였다. 몬테로라는 역겨운 존재가 나타나기 전에 나를 사랑했던 순수하고 경이로운 얼굴이었다. 나는 생각했다. '얼굴에는 몬테로에게 충실하겠다고 씌어 있었지만, 아마 두 사람의 영혼은 같은 점이 하나도 없을 거야.'

아니면 이런 모든 것이 속임수일까? 내가 좋아하는 것과 싫어하는 것으로 막연히 투사된 여인을 사랑하고 있는 것은 아닐까? 내가 파울리나를 한번도 제대로 안 적이 없었던 것일까?

나는 그날 저녁의 이미지였던 티없이 어두운 거울 깊숙이 있던 파울리나를 선택해 그 이미지를 떠올리려고 애를 썼다. 그녀를 어슴푸레 보게 되자, 나는 순간적으로 깨달았다. 내가 파울리나를 잊어버렸기 때문에 나는 그녀를 의심하고 있었던 것이다. 환상과 상상은 변덕스런 힘이다. 나는 흐트러진 머리와 옷의 주름과 에워싸고 있던 희미한 어둠을 떠올렸지만, 내 사랑하는 여인은 사라지고 없었다.

나는 어쩔 수 없이 그녀를 떠올리려고 무진 노력을 기울였다. 그러자 수많은 이미지들이 감긴 내 눈앞을 스쳐갔다. 그때 갑자기 나는 무언가를 발견했다. 심연의 어둠 속 끝에, 즉 거울의 한쪽 끝에, 그러니까 파울리나의 오른쪽에 푸른 돌로 만든 말이 나타났던 것이다.

나는 이것이 시간이 뒤죽박죽된 여러 기억들이 한데 합쳐진 것(가장 오래된 기억은 말이었고, 가장 최근의 것은 파울리나의 것이었다)이라고 생각했다. 그러자 문제는 명확하게 해결되었고, 나는 마음을 가라앉혔다. 그리고 잠을 자야만 했다. 그때 나는 생각하기에도 창피하고 애절한 생각에 잠겼다. '내가 잠을 자지 않으면, 내일 수척할 것이고, 파울리나가 좋아하지 않을 거야'라고 생각했다. 환한 대낮이 되면 확실하게 드러날지도 모른다고 생각했던 것이다.

잠시 후, 나는 침실 거울 속에 비친 말에 대한 기억이 옳지 않은 것임을 알았다. 나는 그 말을 침실에 놓아둔 적이 없었다. 집에서 나는 서재나 파울리나의 손, 혹은 내 손에서만 있는 말 석상을 보았을 뿐이었다.

두려움에 사로잡혀 나는 다시 그 기억들을 보고 싶었다.

그러자 천사들과 나무에 새겨진 꽃잎에 둘러싸인 거울이 다시 나타났다. 한가운데에는 파울리나가 있었고, 오른쪽에는 조그만 말 석상이 있었다. 나는 거울이 방안을 비추고 있었다고 확신할 수 없다. 아마도 방안을 비추고 있었던 것 같지만, 아주 희미하고 개략적으로만 비추고 있었던 것 같다. 반면에 말 석상은 서재 책장 위에 선명한 모습으로 뒷발로 일어서 있었다. 서재는 모든 구석이 일일이 비춰지고 있었고, 옆쪽 어둠 속에서는 새로운 인물이 서성거리고 있었다. 처음에 나는 그가 누군지 알아보지 못했다. 별관심 없이 바라보다 나는 그 인물이 나라는 사실을 알았다.

나는 파울리나의 얼굴을 보았다. 그녀의 아름답고 슬픈 얼굴이 극도로 강렬하게 비추었기 때문에 나는 그녀의 얼굴을 부분적으로 본 것이 아니라 전체를 보았다. 그런 후 울면서 잠에서 깨어났다.

언제 내가 잠이 들었는지는 알 수 없다. 나는 이런 꿈이 억지로 만들어진 것이 아님을 알고 있다. 꿈은 아무렇지도 않다는 듯이 내 상상을 쫓아왔고, 그날 저녁의 장면을 충실히 재연해주었기 때문이다.

시계를 보았다. 다섯시였다. 나는 일찍 일어나, 파울리나가 화를 낼지도 모르는 위험을 무릅쓰고 그녀의 집으로 가겠다고 마음먹었다. 이렇게 결심했지만 내 고통이 완화된 것은 아니었다.

나는 일곱시 반에 일어나 오랫동안 샤워를 하고 천천히 옷을 입었다.

나는 파울리나가 어디에 살고 있는지 모르고 있었다. 수위는 내게 인명 전화 번호부와 직장별 전화 번호부를 빌려주었다. 하지만 몬테로의 주소는 그 어느 곳에도 나와 있지 않았다. 나는 파울리나의 이름을 찾았지만, 역시 아무 곳에도 없었다. 또한 몬테로가 살던 집에는 다른 사람이 살고 있다는 사실도 알았다. 나는 파울리나의 부모들에게 주소를 물어봐야겠다고 생각했다.

파울리나가 몬테로를 사랑한다는 사실을 알게 된 이후부터 나는 그들을 찾아가지 않았다. 그러니 그들을 본 것도 꽤 오래 전이었다. 이제는 사과를 하면서 내가 얼마나 고통스러웠는지를 이야기해주어야만 할 것이다. 그러자 용기가 나질 않았다.

나는 루이스 알베르토 모르간과 말하기로 마음먹었다. 그러나 열한시 전에 그를 방문하는 것은 금기였다. 그래서 나는 아무것도 바라보지 않은 채 거리를 배회했다. 단지 벽에 그려진 그림 같은 것에만 잠깐 관심을 두거나, 길가에서 우연히 들리는 말에만 잠시 귀를 기울였을 뿐이었다. 특히 독립 광장에서 어느 여인이 한 손에 신발을 들고, 다른 한 손에는 책을 든 채 축축한 잔디밭을 맨발로 걷고 있던 모습이 기억난다.

모르간은 침대에 앉아 나를 맞이했다. 그는 두 손으로 커다란 머그잔을 들고 있었다. 나는 그 안에 희뿌연 액체와 빵조각이 둥둥 떠다니고 있음을 보았다.

"몬테로는 어디에 살고 있지?"

나는 그에게 이렇게 물었다.

그는 이미 우유를 모두 마시고 이제는 컵 바닥에 가라앉은 빵 조각들을 꺼내 먹고 있었다. 그러면서 내 질문에 대답했다.

"몬테로는 감옥에 있어."

나는 놀라움을 감출 수가 없었다. 그러자 모르간은 계속해서 말했다.

"왜 그래? 아직 모르고 있었어?"

물론 그는 내가 그런 사실을 모르고 있을 것이라고 생각했다. 그러나 말하기를 좋아하는 그는 그 동안 있었던 일을 모두 말해주었다. 나는 기절할 것만 같았다. 갑자기 벼랑에서 떨어지는 기분이었다. 그런 상태에서 근엄하고 무자비하며 선명한 목소리가 들려왔다. 그 목소리는 자기가 그 사실을 잘 알고 있다는 확신으로 가득 차 있었으며, 도저히 이해할 수 없는 사건을 설득력 있게 이야기해주고 있었다.

모르간이 내게 말해준 바에 의하면 이랬다. 파울리나가 나를 방문할지도 모른다고 의심하면서 몬테로는 우리 집 정원에 숨어 있었다. 그녀가 나오는 것을 보자 뒤쫓아갔고, 거리로 나가자 그녀의 길을 막았다. 구경꾼들이 모여들자, 그는 렌터카에 그녀를 태웠다. 그들은 밤새 코스타네라[플라타 강변으로 나 있는 부에노스아이레스 거리: 옮긴이 주]와 호수를 거닐었으며, 새벽녘에는 티그레[파라나 강변에 있는 삼각주로 그곳에는 식당과 수많은 위락 시설이 갖추어져 있다: 옮긴이 주]의 한 호텔에 들어갔는데, 그는 그곳에서 총을 쏴서 그녀를 죽였다. 그건 어제 새벽에 일어난 일이 아니었다. 그것은 내가 유럽으로 떠나기 전날 밤, 그러니까 2년 전에 일어났던 일이다.

인생의 가장 어렵고 끔찍한 순간에 우리는 항상 보호자의 책임을 떠맡지 않으려는 경향이 있으며, 무슨 일이 일어났는지를 진지하게 생각하는 대신에 하찮은 일에 관심을 두기 마련이다. 바로 그 순간 나는 모르간에게 물었다.

"내가 여행을 떠나기 전에 우리 집에서 마지막으로 가졌던 모임을 기억하니?"

모르간은 기억하고 있었다. 그러자 나는 계속해서 말을 했다.

"넌 내가 불안해하고 있는 것을 눈치채고 파울리나를 찾기 위해 내 방으로 갔었지. 그런데 몬테로는 뭘 하고 있었지?"

"아무것도 하지 않았어."

모르간이 힘있는 목소리로 대답했다.

"아무것도 하지 않고 있었어. 하지만 이제야 기억이 나. 거울을 바라보고 있었어."

나는 집으로 돌아왔다. 현관 입구에서 나는 수위와 마주쳤다. 그에게 인사를 하면서, 나는 물었다.

"파울리나가 죽었다는 사실을 아세요?"

"어떻게 모를 수가 있나요?"

그는 대답했다.

"모든 신문이 그녀의 죽음을 보도했고, 나 역시도 경찰서에서 진술을 했는데······"

그 사람은 궁금하다는 듯이 나를 뚫어지게 살펴보았다.

"무슨 일 있어요? 아파트까지 바래다줄까요?"

그는 내게 가까이 다가오면서 물었다. 나는 고맙지만 괜찮다고 말하면서 도망치듯이 위층으로 올라왔다. 나는 힘들게 열쇠를 열었고, 문 옆쪽에서 편지 몇 통을 집었으며, 눈을 감은 채 침대에 엎드렸다는 기억만이 희미하게 난다.

그런 다음 나는 거울 앞에 있었다. "틀림없이 파울리나가 어젯밤에 나를 찾아왔던 거야. 그녀는 몬테로와의 결혼이 실수였음을 알면서 죽은 거야. 실수도 아주 끔찍한 실수였으며, 우리들만이 진정한 결혼을 할 수 있음을 깨달았던 거야. 그녀는 자기의 운명, 아니 우리의 운명을 완결 짓기 위해 죽음에서 되돌아온 거야." 나는 오래 전에 파울리나가 어느 책에 썼던 "우리의 영혼은 이미 하나가 되었어요"라는 구절을 떠올렸다. 나는 계속해서 생각에 잠겼다. '마침내 어젯밤 내가 손을 잡던 그 순간에 하나가 된 거야.' 그런 다음 속으로 중얼거렸다. '나는 그녀를 가질 자격이 없어. 나는 그녀를 의심했고, 질투를 했어. 그녀는 죽어서조차 나를 사랑하기 위해 이곳으로 왔어.'

파울리나는 나를 용서했었다. 우리가 그토록 사랑한 적은 한번도 없었다. 또한 그토록 가까이 있었던 적도 없었다.

나는 사랑의 승리와 사랑의 슬픔에 도취되어 이렇게 내 자신에게 물었다. 더 정확하게 말하자면, 대안을 제시하려는 단순한 생각에 내 머리는 어젯밤의 방문에는 또 다른 설명이 있을 수 없을까, 라고 자문했던 것이다. 바로 그때 마치 번개가 치듯이 갑작스럽게 진실을 깨달았다.

내가 다시 실수를 저질렀다는 것을 이제 알았다. 불행히도 진실이 발견될 때 항상 일어나는 것처럼, 나의 끔찍한 설명은 신비하게 보이던 일련의 일들을 명확하게 설명해준다. 그리고 이런 일련의 일들은 내 설명이 맞다는 것을 재확인해준다.

우리의 가련한 사랑은 파울리나가 무덤에서 나온 것이 아니라는 사실이었다. 파울리나의 환영(幻影)은 없었다. 나는 내 경쟁자의 질투로 만들어진 괴물 같은 귀신을 껴안은 것이었다.

이렇게 확신하는 핵심적인 이유는 바로 파울리나가 내 여행 전날 나를 방문하러 온 것에 숨겨져 있었다. 몬테로는 그녀를 뒤쫓았고, 우리 집 정원에서 그녀를 기다렸다. 그리고 밤새 파울리나와 말다툼을 했다. 그리고 그는 파울리나의 설명을 믿지 않았기 때문에 새벽녘에 그녀를 죽였던 것이다. 하기야 그 남자가 어떻게 파울리나의 순수함을 이해할 수 있을 것인가?

나는 그날의 방문을 골똘히 생각하면서 감옥에 갇힌 그의 모습을 상상했다. 나는 질투심이라는 잔인한 망상으로 시달리는 그를 그리고 있었다.

집으로 들어온 모습 그리고 나중에 그곳에서 일어난 일, 이것은 몬테로의 끔찍한 환상의 투시도였다. 나는 당시 너무나 감격해 있었고, 너무나 행복한 나머지 아무것도 알 수 없었으며, 단지 파울리나의 말에만 복종하려고 했을 뿐이었다. 그러나 징후들이 없었던 것은 아니다. 가령, 비 같은 것이다. 내 여행 전날 진짜 파울리나가 방문하는 동안, 나는 빗소리를 듣지 못했다. 반면에 정원에 있던 몬테로는 자기 몸 위에 떨어지는 빗방울을 직접 느끼고 있었다. 그는 우리가 함께 있는 장면을 상상하면서, 우리가 그 소리를 들었을 것이라고 생각했다. 그래서 어젯밤 나는 빗소리를 들었던 것이다. 그런 다음 나는 거리에 빗방울 하나 떨어지지 않았음을 알게 되었다.

또 다른 징후는 말 석상이다. 단 하루 동안만 그 석상은 우리 집에 있었다. 즉 손님들을 맞이하는 그날뿐이었다. 그러나 몬테로에게 그 석상은 우리 집의 상징이었다. 그래서 석상이 어젯밤에 나타났던 것이다.

나는 거울 속의 나를 알아볼 수 없었다. 왜냐하면 몬테로가 나를 분명하게 상상하지 못했기 때문이다. 또한 그는 침실도 정확하게 상상하지 못했다. 심지어는 파울리나도 침실을 제대로 모르고 있었다. 어떤 면에서 몬테로가 투사한 이미지는 파울리나 자신의 것이 아닌 것으로 이루어졌다고 볼 수 있었다. 그것은 그녀가 그처럼 말하고 있었던 장면에서 드러난다.

이런 환상은 몬테로의 고통을 중심으로 엮은 것이다. 반면에 내 것은 더 현실적이다. 내 환상은 파울리나가 자기 사랑에 실망했기 때문에 돌아오지 않았다는 확신으로 이루어져 있다. 그것은 내가 절대로 그녀의 사랑이 아니었다는 확신에 바탕을 두고 있다. 또한 그것은 우리 영혼이 합쳐졌다고 생각한 순간 손을 잡으면서 파울리나의 부탁을 들어주었다는 확신이기도 하다. 물론 파울리나는 절대로 내게 그런 부탁을 하지 않았지만, 내 경쟁자는 수없이 그 말을 들었던 것이다.

울리세스
Ulises

실비나 오캄포

　울리세스는 내가 유치원에서 초등학교 1학년으로 진학했을 때의 친구였다. 그는 나보다 한 살 어린 6살이었지만, 나보다 훨씬 나이가 많아 보였다. 그의 얼굴은 주름으로 가득 덮여 있었으며(아마도 인상을 써서 그랬던 것 같다), 새치도 두세 개 있었고, 눈은 퉁퉁 부어 있었으며, 어금니 두 개는 의치(義齒)였고, 안경을 써야 글을 읽을 수 있었다. 이런 모습 때문에 그는 늙은이처럼 보였던 것이다. 나는 그를 좋아했다. 그는 똑똑했고, 많은 게임과 노래와 우리보다 나이 많은

실비나 오캄포 Silvina Ocampo (아르헨티나, 1903~1994): 젊었을 때 파리에서 치리코와 함께 미술을 공부함. 1933년 아돌포 비오이 카사레스를 알게 되어 1940년에 결혼함. 보르헤스, 비오이 카사레스 등과 함께 라틴 아메리카 환상 문학의 선구인 『남쪽』 그룹의 일원으로 널리 알려져 있음. 작품으로는 『이레네의 자서전』 『분노와 다른 이야기들』 『밤의 나날들』 『환상의 오렌지』 등이 있음.

사람들이나 아는 많은 비밀들을 알고 있었기 때문이다. 하지만 여선생님은 그를 전혀 귀여워하지 않았다. 선생님은 그가 응석받이고 거짓말쟁이라고 말하곤 했다. 나는 선생님이 어느 날 그가 길거리에서 담배 피는 것을 보았다는 사실을 알고 있었는데, 그것이 바로 선생님이 그의 말을 믿지 않게 만든 진정한 원인이 아닐까 생각해본다. 하지만 나는 우리 선생님이 너무 심한 편견을 갖고 있다고 생각하면서도, 마침내는 울리세스가 이 세상에 있지도 않은 아주 이상한 것들을 이야기하고 있다는 사실을 인정하게 되었고, 이런 이유로 그가 거짓말쟁이라고 불리는 것이라고 믿게 되었다.

우리는 오전반 오후반으로 번갈아 학교에 갔다. 그런데 우리가 오전반 수업을 들을 때면 점심때 아주 이상한 여자, 아니 내가 보기에 아주 이상하게 생긴 여자들이 학교에 와서 그를 기다리곤 했다. 점차로 나는 이 여자들을 낱낱이 구별하게 되었다. 그 여자들은 모두 세 명이었다. 나는 이 여자들이 그를 양자로 맞아들였던 바릴라리 가족의 세 여자 쌍둥이라는 사실을 알았다. 이 세 쌍둥이는 모두 일흔 살의 할머니들이었지만, 그런 세 쌍둥이 안에서도 언니와 동생이 구별되었다. 나는 제일 큰언니는 기린 같다고 생각했다. 그것은 풍채뿐만 아니라 그녀가 목과 혀를 놀리는 모습 때문에 그렇게 생각했던 것이다. 그리고 그건 틀린 생각이 아니었다. 둘째임에 틀림없는 또 다른 여자는 중간키에다 아주 깡말랐다.

막내는 이 두 여자를 섞어놓은 모습이었지만 행동이 제일 날렵했다. 세 여자들은 모두 활달했으며, 학교 문 앞에서 비가 오거나 춥거나 아니면 찌는 듯이 덥거나 가리지 않고 울리세스를 기다리면서, 당시에 유행하던 노래를 흥얼거리곤 했다. 또한 감칠맛 나는 음식으로 아이들을 현혹하기 위해 학교 주변을 서성거리던 장사치들에게 알사탕과 흑사탕을 사서 먹곤 했다.

어느 날 나는 울리세스에게 물었다.

"네 이모들은 좋은 사람이니?"

그러자 그가 대답했다.

"수다쟁이들이야. 믿어지지 않겠지만, 난 수다 때문에 하루가 끝날 때면 머리가 아파. 그래서 안경을 쓰는 거야(그녀들이 말하는 대로 난시가 있어서 그런 것이 아니었다). 그것말고도 모든 것을 부수기 일쑤야. 미친 양처럼 집안을 펄쩍펄쩍 뛰면서 물건들과 부딪치거든. 가끔 나는 수다를 듣지 않으려고 목욕탕에 틀어박혀 있어. 그러나 내가 목욕탕에 틀어박혀 있으면, 문제는 더욱 심각해져. 왜냐하면 문을 두드리러 와서 번갈아 소리를 지르거든. '울리세스, 뭐해? 뭐 하는 거야? 이제 곧 끝나니? 문을 잠그지 말라고 말했는데 왜 잊어버리는 거지? 네가 다 큰 남자인 줄 알아?' 내가 즉시 문을 열지 않으면, 마구 우는 소리가 들려. 나는 우는 것이 불쌍해서가 아니라 울음 소리가 지겨워서 문을 열어줘. 그러면서 가끔씩 나는 이렇게 말하지. '언젠가 당신들을 모두 죽여버릴 거야.' 이 말을 하면 세 사람 모두 배꼽을 잡고 죽을 듯이 웃어. 마치 내가 간질이는 것처럼 말이야. 어쨌거나 나는 걱정하지 않아. 모두 미친 여자들이니까. 하지만 그 여자들은 나보고 미쳤다고 말해. 밤에 나는 '잠자지 않으면, 늙은이 얼굴을 갖게 된단다' 라는 말을 너무도 많이 들은 나머지 잠을 설쳐. 결국은 잠을 자지 못하고 말지. 그러면 나는 자리에서 일어나 발꿈치로 살살 걸어서 라우차 — 세 쌍둥이의 막내 이름이다 — 의 방에 들어가서 나이트 테이블에서 보기에도 끔찍한 수면제를 훔치지."

나는 그에게 물었다.

"수면제가 뭔데?"

"잠자게 하는 약이야. 그것말고 뭐겠어?"

"그런데 약이 뭐야?"

"사전을 찾아보면 알 거 아니야. 난 선생이 아니야."

이런 말들은 일곱 살 짜리 아이와 여섯 살 짜리 아이가 나누는 대화처럼 보이지 않는다. 그러나 내 기억 속에는 그렇게 새겨져 있다. 그리고 우리가 표현하는 말들이 당시에 나누었던 말과 정확히 일치하지는 않는다손 치더라도, 우리가 대화에서 표현하려고 했던 의미는 바로 이것과 마찬가지였다. 물론 말하는 사람은 항상 울리세스였고, 나는 단지 그가 내게 말하는 것에 대답하거나 코멘트를 했을 뿐이었다.

겨울이 지나자 울리세스는 다른 친구들보다 훨씬 수척해 보였다. 나는 겨울에 집에 처박혀 있는 아이들이나 학교에 오기 위해 새벽부터 서두르는 아이들, 그리고 테이블 위나 턱받이에 우유의 반 이상을 엎질러서 제대로 아침 식사를 하지 못한 채 집에서 나오는 아이들은 마르고 가끔씩은 환자처럼 보인다는 사실을 알고 있다. 하지만 울리세스는 환자처럼 보일 정도가 아니라 마치 죽은 사람과 같았다.

그는 자기 생일날 나를 집으로 초대했다. 아무도 그에게 선물을 하지 않았다. 장난감들? 누가 그런 것들을 그에게 선물하겠는가? 그럼 책들은? 그는 모든 책들을 다 읽은 사람처럼 보였다. 그럼 사탕은? 그는 그런 것들을 전혀 좋아하지 않았다. 그가 받은 유일한 선물은 내가 가져간 것이었다. 그것은 손수건 세트였다. 사람들은 손수건은 눈물을 의미하기 때문에 선물해서는 안 된다고 말한다. 그러나 나는 그런 말에 개의치 않고 손수건을 선물했다. 그날 그는 나에게 비밀을 고백했다. 그는 현재의 자기 모습에 지쳤으며, 아주 외진 곳에 살고 있는 점쟁이를 찾아가 점을 볼 예정인데, 자기 집에는 나와 함께 나갈 것이라고 말할 것이며, 그런 말이 거짓말이 안 되는 것이 이상적일 것이라고 말했다. 나는 오래 생각한 후에 그와 함께 가기로 마음먹었다. 나는 우리 부모님들에게 울리세스와 함께 광장에서 놀 것이고, 바릴라리 가족의 세 쌍둥이 할머니들이 우리를 데리러 올 것이라고 말했다. 울리세스는 세 쌍둥이 할머니들에게 우리 부모님들이 우리를 데리러 광장으로 올 것이라고 말했다. 그러나 그들은 서로 모르는 사이였기 때문에 우리 말이 진실인지 확인할 수는 없었다.

점쟁이 집으로 가는 도중에 그는 점쟁이 아르테미사와 점쟁이 에리트레아, 점쟁이 쿠메아, 아말테아와 엘레스폰티카에 관해 말했다. 나는 각 점쟁이들이 주문(呪文)으로 사용하는 신탁(神託)을 알게 되었다. 나는 이 모든 말장난을 전혀 이해하지 못했으며, 헛소리를 하는 것이라고 생각했다. 그러나 후에 그가 『이상한 경험 혹은 시빌레〔아폴로 신을 섬기는 여자 무당로 예언의 재능을 지녔고 여러 신탁들을 말할 수 있는 사람들임. 시빌레는 상징적으로 하느님의 정신과 접촉하여 그의 지식을 보여주는 예언적인 자질을 갖춘 여인들을 의미함: 옮긴이 주〕의 신탁』이라는 책을 보았다는 사실을 알게 되었다. 오랜 시간이 지난 후 내게 설명한 바에 의하면, 이 책에는 질문 목록이 있었으며, 점쟁이들이 상황에 따라 수수께끼 같은 숫자를 통해 각각의 질문에 적합한 해답을 찾을 수 있도록 점쟁이 시빌레의 말이 수록되어 있었다. 그러나 그 책의 유일한 문제는 이런 질문들은 어린아이들이 하는 부류의 질문이 아니라는 점이었다. 그러므로 울리세스가 아무리 늙었다손 치더라도 어린아이들의 세계에서는 그런 책을 참고할 정도의 불안이나 관심은 없었다. 오랫동안 울리세스는 이 책을 재미삼아 읽었고, 그런 다음에는 문제가 있을 때마다 참고하는 책으로 삼았다. 그러나 그는 진정한 점쟁이를 찾아가면서, 즉시 이 책을 버렸다.

우리는 점쟁이인 마담 사포리티의 집을 찾아 걷고 있었다. 가끔씩 울리세스는 주머니 속에서 꼬깃꼬깃 접은 종이를 찾아서 그 종이를 쳐다보고는 다시 주머니에 넣었다. 그는 마치 무언가를 잃어버린 사람처럼 갑자기 멈추어서 다시 주머니 속에서 무언가를 찾았다. 그리고 네 겹으로 접은 손수건을 꺼내 펼치고서 그 안에 들어 있던 돈을 세었다. 그런 다음 다시 손수건을 접어 주머니에 넣었다. 우리는 빠른 속도로 걸었지만 피로를 느끼지도 않았고, 도중에 멈추어서 과자 판매꾼들의 손수레나 쇼윈도를 보려는 유혹도 느끼지 않았다. 그래서 눈 깜짝하는 사이에 우리는 점쟁이의 집에 도착했다. 공동 묘지의 한 무덤을 에워싼 듯한 조그만 정원이 집 앞을 장식하고 있었다. 우리는 대문에 붙어 있던 크기가 채 10센티미터도 안 되는 조그만 케이스를 열고 감격에 젖어 초인종을 눌렀다. 한참이 지나자, 마담 사포리티는 아주 요란스런 소리를 내며 힘들게 문을 열어주었다. 그녀가 직접 우리를 안내했다. 그녀는 검붉고 얇은 모직 가운을 입고 있었고, 머리에는 푸른 망사를 걸치고 있었다. 그녀의 신장은 중간 크기였지만, 몸은 뚱뚱했고 얼굴에는 화장을 짙게 하고 있었다. 우리는 그녀를 따라 어두운 복도를 지나 거실로 들어갔다. 그곳에서 그녀는 우리에게 기다리라고 말했다. 흥분이 어느 정도 가시자 우리는 거실을 자세히 둘러보았다. 그리고는 웃었다. 그 거실에 있던 모든 가구들은 셀로판지로 싸여져 있었다. 제일 먼저 거미가 보였고, 그 다음에는 수직 피아노, 그리고는 귀신처럼 보이는 석상과 마지막으로 뮤직 박스처럼 보이는 상자와 의자와 테이블이 있었다. 이런 모든 것들을 둘러싸고 있던 셀로판지 커버는 반짝반짝 빛나고 있었고, 우리는 셀로판지가 덮고 있던 물건들의 색깔과 형태를 엿볼 수 있었다. 그러자 우리는 웃기 시작했다. 그렇게 우스꽝스런 집은 한 번도 본 적이 없었기 때문이었다. 그때 마담 사포리티가 우리에게 점을 봐주기 위해 왔고, 우리에게 엄한 목소리로 말했다.

"내 집이 마음에 들지 않는 모양이군."

"왜 그렇게 생각하세요?"

"왜냐하면 난 모든 걸 알고 있거든. 비록 너희들이 말하지 않아도 너희들이 생각하는 것이 무엇인지 점칠 수 있어."

마담 사포리티는 자기 침실로 들어가라고 했다.

"너희들 중에서 누가 운명을 점쳐 달라고 온 사람이지? 오늘 아침 일찍 전화를 했던데. 너희들은 미래를 몹시 알고자 하는 얼굴이구나. 자, 너희들 중에서 누가……?"

"접니다."

울리세스가 손톱을 깨물면서 말했다.

마담 사포리티는 의자에 앉아 서랍에서 카드 패를 찾았다.

"이게 그 유명한 '태로우 카드'야."

그녀는 테이블 위에 카드를 한 줄로 나란히 올려놓았다. 그녀는 울리세스에게 몇 개의 카드를 고르게 한 다음 그 카드로 나란히 정돈해놓은 카드를 덮으라고 말했다. 마담 사포리티는 아주 특이한 방식으로 카드를 테이블 위에 놓으면서, 그의 미래를 예언하고 있었다. 마치 울리세스가 집에서 지닌 문제가 무엇인지를 이미 말한 것처럼, 하나하나 그 문제를 열거하고 있었다. 그리고 그의 불행에 관해 말하면서, 그 불행은 바로 그가 늙은이처럼 보인다는 데 있다고 설명했다. 카드 패를 읽는 의식은 한 시간 동안 지속되었다. 그 의식이 끝나자, 이미 모든 수줍음을 떨쳐버린 울리세스는 이렇게 물었다.

"젊어지는 미약(媚藥)이 있습니까?"

그 질문을 받자 마담 사포리티는 놀라서 물었다.

"뭐에 쓰려고?"

울리세스는 대답했다.

"늙은이가 되지 않으려고요. 돈을 주고 사겠습니다."

그러자 마담 사포리티는 말했다.

"그런 건 절대 입밖에 올리지 말아. 어린아이들은 그런 미약을 쓰는 게 아니야."

"전 어린아이가 아니니까 상관없습니다."

"그래, 네 말도 일리가 있군."

이렇게 마담 사포리티는 대답했다. 그리고서 말을 이었다.
"네가 미약을 만들어달라고 하니까 만들어주겠어. 하지만
조금 비쌀 거야."

울리세스는 주머니에서 손수건을 꺼냈다. 그리고 손수건
끝을 잡아서 매듭을 풀고는 돈을 보여주면서 물었다.

"이 정도면 충분합니까?"

마담 사포리티는 가운뎃손가락으로 수북히 담겨 있던 10
페소 짜리 동전을 분리하고서 대답했다.

"될 것 같군."

옆방에서는 누군가가 피아노를 치고 있었다. 그 음악을 듣
자 나는 조금 졸음이 밀려왔다. 그런데 어떻게 마담 사포리
티는 미약을 준비했을까? 그리고 어떻게 울리세스는 그 약
을 마셨을까? 나는 그런 것들을 모른다. 나는 마담 사포리티
가 조심스럽게 테이블 위에 놓았던 도자기 쟁반과 유리잔이
부딪치는 소리 때문에 잠을 깼다. 그리고는 놀란 채 울리세
스를 한참 동안 바라보았다. 그는 예전의 그가 아니었다. 그
의 창백한 얼굴은 불그스레 변해 있었고, 그의 눈은 반짝반
짝 빛나면서 초조하게 이쪽저쪽을 바라보고 있었다. 그 모습
은 마치 잘못을 저지른 아이의 눈과 같았다. 그러나 내가 원
한 것은 그런 울리세스가 아니었다. 나는 나보다도 잘났고,
모든 학교 동료들보다도 잘난 그런 모습을 바랬던 것이다.

우리는 마담 사포리티의 집에서 달려나왔다. 집으로 돌아

오는 도중에 우리는 걸음을 멈추고 쇼윈도를 바라보았으며, 과일 가게에서 오렌지 두 개를 훔쳤다. 우리는 걷고 있었다. 아니 좀더 정확하게 말하자면 날개를 단 듯이 뛰어가고 있었다. 그러나 나는 울리세스를 생각하고 있었다. 그것은 점쟁이의 집에서 마술처럼 사라져 이제는 볼 수 없는 옛 모습의 울리세스였다.

우리가 세 쌍둥이 할머니의 집에 도착하자 나는 울리세스에게 물었다.

"우리를 야단치지 않을까?"

"그 사람들은 우리에게 신경을 쓸 시간이 없어. 경박하고 집중력이 없거든. 그래서 우리를 주의 깊게 쳐다보질 못해."

이렇게 울리세스는 대답했다.

우리가 초인종을 누르자, 세 쌍둥이 할머니들 중의 하나인 기린 할머니가 문을 열어주러 나왔다. 울리세스가 예전의 그가 아니었던 것과 마찬가지로, 기린 할머니 역시 예전의 그녀가 아니었다. 그녀는 울리세스와 정반대의 변신을 하고 있었다. 그녀는 나이에도 불구하고 젊음을 유지시켜주던 즐겁고 활달한 모습을 잃어버리고 있었다.

"어디 갔었어?"

기린 할머니는 이렇게 묻고는 대답도 듣지 않은 채 다시 질문을 던졌다.

"왜 이렇게 늦게 왔지? 우리는 여기서 너를 기다리고 또 기다렸어. 이렇게 기다리면서 고통받는 것은 인생이라고 할 수 없는 거야."

우리는 다른 두 할머니들이 뜨개질을 하고 있는 방으로 들어갔다. 그녀들은 검은 안경을 쓴 채 너무 손을 떨고 있어서 제대로 뜨개질을 하지 못하고 있었다.

이 두 할머니들은 동시에 소리쳤다.

"어디 갔다 오는 거야? 도대체 뭘 했지, 율리세스? 이렇게 예쁘고, 뺨에 화색이 도는 네 모습은 평생 동안 본 적이 없어. 이제 넌 늙은이처럼 보이지 않는구나. 이제부터는 너를 '어린아이'라고 부를게. 옆집 여자들이 자기 자식들에게 부르는 것처럼 말이야. 그런데 어디 갔었어? 도대체 뭘 했기에 그렇게 됐지?"

"점쟁이를 보러 갔었어요."

"하느님 맙소사!"

"그런데 내게 미약을 주었어요. '젊음의 미약'이라고 부르던데요."

"그 점쟁이는 어디 사니?"

율리세스는 주머니에서 점쟁이의 주소가 적혀 있는 종이를 꺼냈다. 그러자 세 쌍둥이 할머니 중의 하나가 그 종이를 낚아챘다. 그리고 세 할머니 모두 이구동성으로 말했다.

"우리도 점쟁이를 보러 갈 거야. 내일 당장 갈 거야."

다음 날 나는 율리세스의 집을 방문하러 갔다. 내가 도착했을 때, 세 쌍둥이 할머니들은 점쟁이의 집에서 돌아오지 않았다. 그런데 울리세스는 이내 슬프고 늙은이 같은 표정을 지었다. '다행이야'라고 나는 생각했다. '주름지고 지적인 얼굴의 내 친구를 이제야 다시 알아볼 수 있군.' 나는 그를 껴안고 "절대로 그런 얼굴을 바꾸지 말아"라고 이야기하고 싶었다. 그는 나를 경계의 눈빛으로 바라보았다. 세 쌍둥이 할머니들이 머리에 가발을 들고 팔짝팔짝 뛰면서 도착하자, 나는 그 집에서 나오려고 마음먹었다. 하지만 할머니들은 나를 가게 놔두지 않았고, 내게 수없이 많은 키스를 해주면서 쓰다듬었다. 그들은 가발을 써 보면서, 내게 어떻게 보이느냐고 묻고는 깔깔거리며 웃었다. 그리고는 세 사람이 무리를 이루어 "여기에 늙은이가 있대요. 여기에 늙은이가 있대요"라고 노래하면서 울리세스 주위를 맴돌며 춤을 추었다.

다음 날 울리세스는 미약을 찾아 다시 점쟁이를 방문했다. 그는 젊어진 모습으로 돌아왔고, 늙은 할머니들은 다시 늙은 모습으로 되돌아갔다. 그러자 다음 날 할머니들은 다시 미약을 찾아갔고, 젊은 모습으로 돌아왔지만, 울리세스는 다시 늙은이 같은 모습을 띠게 되었다. 나는 그에게 늙은 모습으로 그냥 있는 것이 좋다고 충고했다. 왜냐하면 이제 그는 미약을 살 돈이 더 이상 없었기 때문이었다. 그는 내 말을 들었다. 그 이외에도 그는 내가 주름지고 수심에 잠긴 그의 얼굴을 더 좋아한다는 사실도 물론 알고 있었다.

우리에게 땅을 주었습니다
Nos han dado la tierra

환 룰포

오랜 시간을 걸은 후에 비로소 개 짖는 소리가 들려왔다. 우리는 나무 그늘이나 옥수수 혹은 그 어떤 식물의 뿌리도 보지 못한 채 마냥 걷고 있었다.

우리는 바람 한 점 없는 이런 길 한복판에는 아무것도 없을 것이라고 믿었다. 그리고 금이 가고 개울물도 말라버린 이런 황무지의 끝에서는 아무것도 발견하지 못할 것이라고 생각했다. 그렇지만 개 짖는 소리가 들려오고, 공기 속에서는 굴뚝에서 흘러나온 연기 냄새를 느낄 수 있었다. 우리는 사람들이 내뿜는 이런 냄새를 마치 한 가닥의 희망처럼 음미

환 룰포 Juan Rulfo(멕시코, 1918~1986): 멕시코 농민과 농촌 문제를 현대적 관점으로 포착한 작가로 현대 라틴아메리카 소설계의 스승이라고 일컬어짐. 멕시코의 할리스코 주에서 출생. 그의 작품으로는 소설집 『불타는 평원』과 소설 『페드로 파라모』가 있음.

하고 있었다.

그러나 마을은 아직 먼 곳에 있었다. 마을 냄새를 이곳까지 가져오는 것은 바로 바람이었다.

우리는 동틀 녘부터 걷고 있었다. 이제 시간은 오후 네시쯤 된 것 같았다. 누군가가 하늘을 바라보면서 태양이 걸쳐 있는 곳으로 눈을 지그시 떠서 바라보면서 말했다.

"오후 네시쯤 된 것 같군."

이 말을 한 사람은 멜리톤이었다. 그와 함께 가고 있던 사람들은 파우스티노, 에스테반 그리고 나였다. 우리는 모두 네 사람이었다. 나는 그들을 세어 보았다. 두 사람은 앞에, 그리고 나머지 두 사람은 뒤에 가고 있었다. 나는 뒤를 바라보았지만 아무도 보이질 않았다. 그러자 나는 마음속으로 말했다. '우리는 네 사람이야.' 한참 전만 하더라도, 그러니까 오전 열한시경만 하더라도 우리 그룹은 모두 스물한 명이었다. 그러나 한 움큼씩 흩어지더니, 이내 우리 네 사람밖에는 남지 않게 되었다.

파우스티노가 말했다.

"비가 올지도 모르겠어."

우리는 모두 얼굴을 들어 머리 위로 지나가는 검고 무거운 구름을 바라보았다. 그리고는 '그럴지도 몰라'라고 생각했다.

우리는 우리가 생각하는 것을 말하지 않았다. 이미 오래 전에 말하고 싶은 욕망이 사라졌기 때문이었다. 너무나 더워서 그럴 생각이 없어졌던 것이다. 다른 곳이라면 기꺼이 즐거운 마음으로 말을 건넸을지 모르지만, 이곳에서는 말한다는 것 자체가 매우 힘든 일이었다. 여기에서는 말을 하면, 그말은 밖의 더위 때문에 입에서 더워지고, 혓바닥에서 말이 말라버려 마침내는 씩씩거리는 소리밖에는 내지 못하기 때문이었다.

여기에서는 모든 것이 그랬다. 그래서 아무도 말을 하고 싶어하지 않았던 것이다.

크고 두툼한 물방울이 하나 떨어졌다. 그것은 마른 땅에 구멍을 내고, 마치 침을 뱉은 것처럼 자국을 남겨 놓았다. 그러나 단지 한 방울만이 떨어졌을 뿐이었다. 우리는 계속해서 더 떨어지기를 바랐다. 그러나 비는 오지 않았다. 이제 하늘을 쳐다보니 소나기구름이 전속력으로 저 멀리 달아나고 있는 모습이 보였다. 마을에서 불어오는 바람은 언덕의 푸른 그림자들 반대쪽으로 구름들을 밀치면서 우리에게 다가오고 있었다. 그리고 실수로 떨어진 물방울은 대지가 삼켜버렸으며, 대지의 갈증 속으로 사라져버리고 없었다.

"어떤 빌어먹을 놈이 황무지를 이토록 크게 만들었지? 이게 모두 무슨 쓸모가 있나, 안 그래?"

우리는 다시 걷기 시작했다. 우리는 비가 오는지를 바라보기 위해 잠시 걸음을 멈추었다. 이제 우리는 다시 걷고 있었다. 나는 우리가 실제로 걸어온 거리보다 더 많이 걸었을 것 같다는 생각을 했다. 만일 비만 내렸더라도 나는 다른 생각을 했을 것이다. 어쨌거나 나는 내가 어렸을 때부터 황무지 위에 비가 내리는 것을 본 적이 없다는 사실을 알고 있었다. 그러니까 소위 비 온다고 말할 정도로 비가 내리는 것을 본 적이 없었다.

황무지는 쓸모 있는 땅이 아니었다. 그곳에는 토끼도 없고 새도 없었다. 그곳에는 아무것도 없었다. 황무지에서 자라는 몇몇 선인장과 칭칭 동여 감고 있던 잡초를 제외하면 아무것도 없는 땅이었다.

우리는 그런 곳을 지나가고 있었다. 네 사람 모두 그런 곳을 걷고 있었다. 이 일이 있기 전에 우리는 말을 타고서 장총을 비스듬히 걸고 다녔다. 그러나 이제 우리는 장총조차도 갖고 있지 않았다.

나는 항상 우리가 장총을 갖지 못하게 한 것은 잘한 일이라고 생각했다. 이곳에서 무장하고 다니는 것은 매우 위험스런 일일 수도 있기 때문이었다. 허리띠에 항상 30구경 장총을 메고 다니는 사람을 보면 아무런 사전 통보도 없이 죽여버리는 것이 상례였다. 그러나 말은 그것과는 다른 문제였다. 만일 말을 타고 왔다면, 우리는 이미 푸른 강물을 맛보았을지도 모르며, 마을의 거리를 누비며 먹을 것을 달라고 하면서 우리의 배를 채웠을지도 모르는 일이었다. 우리 모두가 예전에 갖고 있었던 말만 있었으면, 이런 모든 것을 이미 했을지도 몰랐다. 그러나 장총과 함께 우리의 말도 빼앗았던 것이다.

나는 사방을 둘러본 후, 다시 황무지를 바라보았다. 그토록 넓은 땅이었지만 아무짝에도 쓸모 없었다. 우리의 눈은 한곳에 고정되지 않고 이리저리 돌아가고 있었다. 바라볼 것이 아무것도 없었기 때문이었다. 단지 도마뱀 몇 마리만이 자기들이 사는 구멍 위로 고개를 쳐들기 위해 나올 뿐이었다. 그러나 작렬하는 햇빛을 느끼자마자 이내 바위 그늘로 숨기 위해 뛰어갔다. 하지만 우리들이 여기에서 일해야만 한다면, 무슨 수로 뜨거운 태양을 피해 몸을 식힐 수 있을 것인가? 우리들에게는 약간의 풀 포기만 자라는 메마른 땅 껍질을 주었고, 그곳에 씨를 뿌리라고 했었다.

그들은 우리에게 말했다.

"마을 저쪽 땅은 모두 당신들 것이오."

그러자 우리는 물었다.

"황무지 말입니까?"

"그렇소. 저 황무지 말이오. 광활한 황무지가 모두 당신들 땅이오."

우리는 고개를 쳐들고 우리가 원하는 것은 황무지가 아니며, 강가에 있는 땅을 원한다고 말하려 했다. 그러니까 그곳은 울창한 나무들과 푸른 초원과 비옥한 땅이 있는 강 저쪽의 평야였다.

그러나 그들은 우리가 말하도록 놔두지 않았다. 정부의 농지 개혁 사절단 단장은 우리와 대화를 하러 온 것이 아니었다. 그는 우리 손에 서류를 쥐어주고는 말했다.

"당신들이 너무 많은 땅을 갖게 되었다는 사실에 놀라지는 마시오."

"단장님, 황무지는……"

"그건 수천, 아니 수만 평의 땅이오."

"하지만 물이 없습니다. 심지어는 입에 적실 물도 없어요."

"비가 내리지 않는다는 소리요? 아무도 당신들에게 관개 용수가 있는 땅을 줄 것이라고 말하지는 않았소. 그곳에 비만 내리면, 옥수수가 하늘 높은 줄 모르고 자라날 것이오."

"하지만 단장님, 그 땅은 메마르고 황폐합니다. 그 땅은 돌과 같아서 쟁기로 파고 들어갈 수도 없다고 생각합니다. 황무지는 바로 그런 땅입니다. 씨앗을 뿌리려면 커다란 쟁기로 구멍을 뚫어야 하고, 그런 식으로 하더라도 씨에서 무언가가 싹트리라는 보장이 하나도 없습니다. 옥수수나 그 어떤 것도 싹을 틔우지 못할 것입니다."

"그런 의견은 서면으로 제출하시오. 그리고 지금은 그만 돌아가시오. 당신들이 공격해야 할 대상은 대지주들이지, 당신들에게 땅을 준 정부가 아니오."

"단장님, 잠시만 기다려주세요. 우리는 정부 기관에 항의하려고 온 것이 아닙니다. 우리가 말하는 것은 황무지가……
도저히 일굴 수 없는 땅을 일굴 수는 없습니다. 우리가 말한
것은 바로 이런 사실을…… 설명을 드릴 테니 잠시만 기다려
주세요. 우리는 우리가 예전부터 일해왔던 곳에서 시작하고
자……"

하지만 그는 우리의 말을 들으려고 하지 않았다.

이런 식으로 우리에게 땅을 준 것이었다. 이 뜨거운 가마
니 속에서 그들은 우리가 씨앗을 뿌려 무언가가 싹을 틔우고
자라는지 보고 싶어했던 것이다. 하지만 여기에서는 아무것
도 자라나지 않을 것이 분명했다. 심지어는 검은 까마귀도
살지 않을 땅이었다. 까마귀들이 시시각각 저 위로 아주 빨
리 날아다니는 것을 볼 수 있었다. 그들은 딱딱하고 희멀건
땅에서 가능한 한 빨리 도망치려고 기를 쓰고 있었다. 그런
땅은 바로 아무것도 움직이지 않고, 사람들만이 힘없이 축
쳐진 채 걸어가는 곳이었다.

멜리톤이 말했다.

"이것이 바로 우리에게 준 땅이야."

그러자 파우스티노가 말했다.

"뭐라고?"

나는 아무 말도 하지 않았다. 나는 이렇게 생각했다. '멜
리톤은 제정신이 아니야. 그렇게 말하는 것은 바로 더위 때
문일 거야. 더위가 그의 모자를 뚫고 들어와 머리를 뜨겁게

해서 그렇게 돌아버린 거야. 그렇지 않다면 왜 그런 말을 하겠어? 멜리톤, 도대체 우리에게 무슨 땅을 주었다는 거야? 그런 곳은 잔잔한 바람이 불어오다가도, 이내 회오리바람으로 변하는 곳이야.'

멜리톤은 다시 말을 했다.

"무언가에 쓸모가 있을 거야. 당나귀들이 뛰어노는 데라도 사용될 수 있을 거야."

그러자 에스테반이 물었다.

"무슨 당나귀?"

나는 얼마 전까지만 해도 에스테반을 주의 깊게 살펴보지 않았다. 하지만 지금 그는 말하고 있었고, 그래서 나는 그를 유심히 쳐다보았다. 그는 외투를 입고 있었지만, 그것은 기껏해야 배꼽까지밖에는 닿지 않았다. 그런데 외투 아래에서 암탉 같은 것이 고개를 내밀었다.

그랬다. 에스테반이 외투 아래에 숨겨서 갖고 오던 것은 울긋불긋한 암탉이었다. 눈은 졸린 듯이 감겨 있었고, 주둥이는 하품을 하듯이 벌리고 있었다. 나는 그에게 물었다.

"이봐, 에스테반. 그 닭은 어디서 훔친 거야?"

에스테반이 대답했다.

"내 거야."

"아침나절만 해도 없었잖아. 도대체 어디서 훔친 거야?"

"훔친 게 아니야. 내 닭장에 있던 닭이야."

"그럼 잡아먹으려고 가져온 거야?"

"아니야. 보살펴주려고 갖고 온 거야. 집이 텅 비어 있어서 먹을 것을 줄 사람이 없어. 그래서 가져온 거야. 내가 멀리 갈 때면 항상 이 암탉을 데리고 다녀."

"그곳에 숨겨두면 질식해 죽을지도 몰라. 그러니 꺼내놓는 것이 좋을 것 같아."

그는 자기 팔 밑으로 닭을 편안하게 안은 다음, 자기 입에서 나오는 뜨거운 공기를 불어주었다. 그리고는 말했다.

"이제 벼랑에 다다르고 있어."

나는 에스테반이 계속해서 말하는 것을 듣지 않았다. 우리는 줄을 지어 벼랑을 내려갔다. 그는 제일 선두에 섰다. 그리고 암탉 다리를 쥐어 잡고는 머리가 다리에 부딪히지 않도록 때때로 이리저리 흔들어주고 있었다.

내려갈수록 땅은 좋아지고 있었다. 마치 노새가 성급히 뛰어 내려가듯이, 우리 위로 먼지가 일었다. 하지만 우리는 먼지로 뒤덮여도 좋았다. 우리는 그런 것을 좋아했다. 11시간 동안이나 딱딱한 황무지만을 밟고 온 이후에, 우리는 우리 위로 치솟으면서 땅 냄새 풍기는 먼지를 즐거운 마음으로 뒤집어쓰고 있었다.

강 건너 저쪽 울창한 푸른 나뭇잎 위로 초록색의 들새 무리가 날아다니고 있었다. 이것 역시 우리가 좋아하는 것이었다.

이제 우리 옆에서 개 짖는 소리가 들렸다. 그리고 마을에서 불어오는 바람이 벼랑에 부딪히면서 벼랑은 온통 개 짖는 소리로 뒤덮였다.

　우리가 제일 먼저 눈에 띄는 집으로 다가가자, 에스테반은 자기 닭을 꽉 껴안았다. 그리고는 움켜쥐었던 다리를 놓아서 저린 다리를 풀어주었다. 그런 후 그와 그의 암탉은 선인장 숲 뒤로 사라졌다.

"난 여기에서 살 거야!"

　에스테반이 우리에게 말했다.

　우리는 계속해서 앞으로 나아가면서 마을 안쪽으로 들어갔다.

　이제 우리에게 준 땅은 저 뒤쪽에 있었다.

역무원

El guardagujas

환 호세 아레올라

이방인은 숨을 헐떡거리며 황량한 기차역에 도착했다. 아무도 그의 커다란 짐 가방을 나르려고 하지 않았기 때문에 그는 극도로 피곤해 있었다. 그는 손수건으로 얼굴의 땀을 훔치고, 손으로 모자챙을 잡고서 지평선 너머로 사라지고 있는 철길을 바라보았다. 축 늘어진 채 생각에 잠겨 시계를 보았다. 정확하게 기차가 떠나야 할 시간이었다.

어디에서 왔는지 모르는 어떤 사람이 그의 어깨를 다정히 두드렸다. 뒤를 돌아보자 이방인은 희미하게 역무원 모습을 한 늙은 남자와 마주쳤다. 그는 손에 붉은 랜턴을 들고 있었

환 호세 아레올라 Juan José Arreola(멕시코, 1918~): 멕시코의 사포틀란에서 출생. 보르헤스와 더불어 가장 유명한 라틴아메리카 단편 작가로 알려져 있음. 정식 문학 교육을 받지 않고 독서를 통해 독학으로 글쓰기를 배움. 환 룰포와 함께 『판 Pan』 잡지에서 활동함. 주요 작품으로는 『여러 가지 고안품들』 『음모집』 『야수집』 등이 있음.

는데, 너무나 작아서 장난감 같아 보였다. 역무원은 웃으면서 여행자를 바라보았고, 여행자는 초조한 마음으로 그에게 물었다.

"죄송합니다만 기차가 이미 떠났습니까?"

"이 나라에서 얼마 살지 않았습니까?"

"난 지금 당장 떠나야만 합니다. 내일 당장 T에 있어야만 합니다."

"당신은 이곳의 이치가 어떻게 돌아가는지 완전히 무시하고 있군요. 지금 당장 당신이 해야 할 일은 여행객들이 묵는 여관에 빈방이 있는지를 알아보는 것입니다."

그는 이상하게 생긴 회색 건물을 가리켰다. 그건 마치 감옥 같아 보였다.

"하지만 난 숙소를 구하고 싶은 것이 아니라 기차를 타고 떠나고 싶습니다."

"만일 빈방이 있다면 즉시 하나를 임대하십시오. 방을 얻을 경우에는 월세로 계약하세요. 그래야만 더 싸고 더 좋은 서비스를 받을 수 있으니 말입니다."

"당신 미쳤습니까? 난 내일 당장 T에 도착해야만 합니다."

"솔직히 말하자면, 그건 당신의 운명에 맡겨야 합니다. 그렇지만 몇 가지 정보를 주겠어요."

"제발……"

"당신도 알다시피 이 나라는 철도로 유명하지요. 지금까지

122

모든 것이 완전히 체계적으로 조직되지는 않았지만, 몇 가지 대단한 일을 한 것만은 사실입니다. 내 말은 철도 시간표를 인쇄했고, 기차표를 발행했다는 사실을 가리키는 것입니다. 철도 안내서를 보면 이 나라의 모든 마을을 포함한 모든 지역이 서로 연결되어 있지요. 또한 아주 작고 멀리 떨어진 마을에서도 기차표를 구입할 수 있어요. 단지 기차들이 안내서에 기록된 대로 시간을 준수하고, 실제로 역들을 통과하는 문제만 남아 있을 뿐입니다. 이 국가의 주민들은 그렇게 되기를 기다리고 있습니다. 그리고 그런 동안 변칙적으로 운영되는 철도 서비스를 묵묵히 받아들이고 있습니다. 그들은 애국심이 투철하여 어떤 종류의 불평도 늘어놓지 않습니다."

"하지만 이 도시를 통과하는 기차가 있습니까?"

"그렇다고 말한다는 것 자체가 부정확한 것이지요. 당신도 눈치를 챘겠지만, 철길이 많이 파손되긴 했어도 존재하고 있습니다. 어떤 마을에는 단지 땅바닥에 흰 분필로 두 개의 선만을 그은 경우도 있지요. 현재의 조건이 이렇기 때문에 어떤 기차도 이곳을 지나가야 할 의무는 없습니다. 하지만 기차가 지나가지 못하게 막을 이유도 하나도 없지요. 나는 평생 동안 많은 기차가 지나가는 것을 보았고, 그 기차를 탈 수 있었던 몇몇 여행객들을 보았습니다. 당신이 제때에 기다리기만 한다면, 아마도 나는 당신이 예쁘고 편안한 객차에 올라가는 것을 도와줄 영광을 누릴지도 모른답니다."

"그 기차는 나를 T로 데려다줄까요?"

"무엇 때문에 당신은 반드시 T로 가야 된다고 고집하는 것이지요? 당신은 기차에 탈 수 있는 것만으로도 만족해야 할 것입니다. 일단 기차에 오르면 당신의 인생은 사실상 어떤 방향으로든 갈 것이니 말입니다. 그 방향이 T가 아니면 어떻습니까?"

"나는 T로 가는 정식 기차표를 갖고 있습니다. 그러니까 당연히 나는 그곳으로 가야만 합니다. 그렇지 않습니까?"

"누구든지 당신 말이 맞다고 말할 것입니다. 그런데 여행객 전용 여관에 가면, 당신은 엄청나게 많은 기차표를 손에 쥐고 만일의 사태에 대비하고 있는 많은 사람들과 이야기를 나눌 수 있을 것입니다. 일반적으로 선견지명이 있는 사람들은 이 나라의 어디든지 갈 수 있도록 수많은 기차표를 사지요. 기차표를 사는 데만 엄청난 돈을 쓴 사람들이……"

"난 T로 가는데 한 장의 기차표면 충분하다고 생각했습니다. 자 보세요……"

"다음 철도 구간은 기차로 여행하기 위해 왕복 기차표들을 사는 데 엄청난 자본을 쓴 단 한 명의 승객의 돈으로 건설될 예정입니다. 그 구간 설계도는 긴 터널과 다리를 포함하고 있지만, 아직 철도 회사 기술자들에게 승인조차 받지 못하고 있어요."

"하지만 T를 통과하는 기차는 이미 운행중인가요?"

"그것뿐만이 아니지요. 사실 이 나라에는 엄청나게 많은 기차들이 있습니다. 그리고 여행객들은 상대적으로 빈번하게 기차를 이용할 수 있습니다. 그러나 이것은 확정된 시간표에 따라 정규적으로 운행을 한다는 것이 아니라는 사실을 염두에 두어야 합니다. 다시 말하면, 기차에 오르더라도 아무도 자기가 원하는 방향으로 기차가 갈 것을 기대하지는 않습니다."

"그게 무슨 소립니까?"

"시민들에게 서둘러 봉사해야 한다는 욕심 때문에, 철도 회사는 몇 가지 궁여지책을 취해야만 했습니다. 그래서 도저히 운행할 수 없는 장소로 기차들을 운행시키고 있지요. 이런 파견 임무를 띤 열차가 자신의 목적지에 이르는 데 몇 년씩 걸리는 것은 예삿일이랍니다. 이런 경우에 여행객들이 사망하는 것은 보기 드문 일이 아니지만, 이런 모든 것을 예견한 회사는 불이 환히 켜진 장례 객차와 한 량의 묘지 객차를 달고 다니도록 했습니다. 이것 때문에 기관사들은 비싸게 방부처리 된 여행객의 시체를 그의 기차표에 기재된 역의 플랫폼에 안치하는 것을 자랑으로 여기게 되었지요. 회사가 강요한 노선을 달려야만 하는 열차들은 가끔씩 철로가 하나씩 빠진 곳도 지나가야만 합니다. 그러면 철길 없이 침목 위로만 지나가며 덜컹거리는 기차 바퀴의 충격으로 객실의 한쪽은 안쓰러울 정도로 떨게 되지요. 1등석 손님들은 철로가 있는 쪽으로 배정되는데, 이것은 회사의 또 다른 선견지명이죠. 2등석 손님들은 체념한 채 그 충격을 감수하지요. 그러나 양쪽 모두 철길이 없는 구간도 있답니다. 그곳에서는 모든 승객들이 기차가 완전히 부서질 때까지 동일한 고통을 받지요."

"하느님 맙소사!"

"내 말좀 들어보십시오. F라는 마을은 이런 사고 덕택에 탄생되었습니다. 기차는 도저히 지나다닐 수 없는 땅으로 갔었습니다. 바퀴는 모래로 마모되고 이내 축까지 모두 망가져버렸지요. 여행객들은 아주 오랜 시간을 함께 보냈고, 그 시간 동안 하는 수 없이 사사로운 잡담을 하다가 마침내는 은밀한 우정이 싹트게 되었지요. 여기에서 생긴 몇몇 우정은 마침내 사랑의 노래로 변했고, 그 결과로 F가 탄생되었던 것이랍니다. 그곳은 녹슨 기차의 잔해를 갖고 장난치는 개구쟁이 아이들로 가득 찬 진보적인 마을입니다."

"하느님 맙소사! 난 그런 모험을 할 수 있는 사람이 아니란 말이에요!"

"당신은 우선 마음을 가라앉히고 진정해야 할 것 같군요. 당신은 영웅이 될 수도 있습니다. 여행객들이 용기와 희생 정신을 발휘할 기회가 없을 것이라고는 생각지 마십시오. 최근에는 이름도 모르는 200명의 승객들이 우리 철도 역사에서 가장 빛나는 한 페이지를 기록했답니다. 사건은 이렇게 벌어졌지요. 시험 운전을 하던 도중에 기관사는 철로 건설업

126

자들이 일부 구간을 빠뜨렸다는 중대한 사실을 발견했어요. 그 노선에는 깊은 계곡에 놓여져야 할 교량이 빠져 있었던 것입니다. 그래서 기관사는 뒤로 후진을 하는 대신에 승객들에게 장황한 연설을 하여, 그들에게서 필요한 힘을 얻어 앞으로 나아갔지요. 그의 열정적인 지도 아래 기차는 조각조각 분해되어 승객들의 어깨에 실려 강 저쪽으로 옮겨졌던 것입니다. 그런데 더욱더 놀라운 일은 그것이 물살이 센 커다란 강이었다는 사실입니다. 승객들의 이런 혁혁한 공적에 너무도 만족한 철도 회사는 교량 건설을 완전히 백지화시켰습니다. 그리고는 추가적인 불편함을 감수하는 승객들에게 요금을 할인해주는 아주 매력적인 정책을 채택했답니다."

"하지만 나는 내일 당장 T에 도착해야 한단 말이에요!"

"나도 알고 있단 말입니다! 당신이 계획을 포기하지 않기를 진심으로 바랍니다. 당신은 신념에 가득 찬 사람처럼 보이는 군요. 가능한 한 빨리 여관에 가서 짐을 풀고, 앞으로 지나갈 첫번째 기차를 타도록 하십시오. 가능하면 빨리 기차에 타도록 하십시오. 아마도 수많은 사람들이 당신이 기차에 타는 것을 방해할 것입니다. 기차가 도착하면, 너무나 길고 긴 기다림에 화가 치민 여행객들은 여관에서 떼로 몰려나와 시끄럽게 떠들며 역으로 달려온답니다. 믿을 수 없을 정도로 예의 없고 무례한 행동으로 사고를 유발하는 경우는 흔하게 일어나지요. 질서정연하게 기차에 오르는 대신에, 서로 서로

짓밟는 데 온 힘을 쓴답니다. 적어도 항상 기차에 오르는 데 방해가 되도록 하지요. 기차는 서로 아우성치고 있는 그들을 역사 플랫폼에 내버려둔 채 떠나가지요. 그러면 지칠 대로 지치고 화가 난 여행객들은 교양이 없다면서 서로 욕설을 내뱉는답니다. 그들은 서로 욕을 하고 때리면서 오랜 시간을 그곳에서 보내게 되지요."

"그럼 경찰이 개입하지는 않나요?"

"각 역마다 철도 경찰대를 조직하려고 시도는 했습니다. 하지만 기차가 예측할 수 없는 시간에 도착하기 때문에, 그런 것은 아무 쓸모도 없었을 뿐만 아니라, 유지비도 지나치게 많이 들었지요. 게다가 경찰 대원들은 이내 돈으로 매수되었지요. 그들은 돈 많은 승객들만이 특별히 차에 오를 수 있게 경호하는 데 전념했답니다. 그리고 그 승객들은 그런 도움의 대가로 남는 돈을 모두 주었지요. 그러자 특수 학교와 같은 기관이 설립되었습니다. 그곳에서 미래의 여행객들은 예절 강좌와 적절한 훈련을 받았습니다. 그곳에서는 기차가 움직이고 있더라도 객차에 올라탈 수 있는 올바른 방법을 가르쳤어요. 또한 그들에게 일종의 갑옷과 같은 것을 제공하여, 다른 승객들이 그들의 갈비뼈를 부러뜨릴 수 있는 위험에서 빠져나올 수 있도록 했답니다."

"하지만 기차에 오른 후에, 다시 일어날지도 모르는 우발적인 사건에서도 자신들을 보호할 수 있었나요?"

"상대적으로 그렇다고 말할 수 있습니다. 내가 당신에게 충고할 수 있는 것은 역들을 주의 깊게 살펴보라는 것뿐입니다. 당신은 T에 도착했다고 믿게 될 수도 있지만 그것은 단지 환상일 수도 있습니다. 너무도 만원이 되어버린 객차에 오른 승객들을 통제하기 위해, 철도 회사는 몇 가지 교묘한 수단을 써야만 했어요. 완전히 겉모습만 역처럼 보이는 역들이 있지요. 그 역들은 정글 한 가운데에 건설되었고, 몇몇 중요한 도시의 이름들이 적혀 있답니다. 하지만 조금만 주의를 기울이면 그것이 거짓이라는 것을 쉽게 발견할 수 있습니다. 그런 역들은 마치 연극 무대의 세트처럼 되어 있고, 그 역에 있는 사람들은 모두 톱밥으로 가득 찬 인형들과 같답니다. 이런 인형들은 노상에서 풍파에 시달린 흔적을 보여주고 있지만, 그것들은 종종 현실과 똑같은 모습을 띠기도 하지요. 얼굴에는 무한한 피로의 흔적이 새겨져 있습니다."

"다행히 T는 이곳에서 아주 멀지 않은 곳에 있습니다."

"하지만 현재 그곳으로 직접 가는 기차는 없습니다. 그러나 당신이 원하는 대로 내일 아침 그곳에 도착할 수 있다는 가능성을 배제하시는 마십시오. 이곳 철도 체계가 결함이 많긴 하지만 도중에 갈아타지 않고 여행할 수 있다는 가능성을 배제하지는 마십시오. 자 보십시오. 이런 일들이 벌어지는지도 모르는 사람들이 많습니다. 그들은 T로 가는 기차표를 산답니다. 그리고 기차가 오면 기차에 타지요. 그리고 다음날 'T

에 도착했습니다' 라고 방송하는 차장의 목소리를 듣게 되지요. 아무런 의심도 하지 않은 채, 승객들은 기차에서 내린답니다. 그러면 실제로 T에 있게 되는 것이지요."

"이런 결과를 손쉽게 얻으려면 어떻게 해야 합니까?"

"물론 당신도 이렇게 될 수 있습니다. 하지만 문제는 그게 소용이 있을지는 아무도 모른다는 사실이랍니다. 어쨌거나 한번 시도는 해보십시오. 틀림없이 T에 도착할 것이라는 확신을 갖고 기차에 오르십시오. 그리고 승객들과 접촉하지 마십시오. 그들은 자기들의 여행 이야기를 하면서 당신의 용기를 꺾어버릴지도 모릅니다. 심지어는 당신을 당국에 고발할지도 모릅니다."

"고발하다니 도대체 무슨 소립니까?"

"현재 상황이 이렇기 때문에, 기차에는 스파이들이 가득 타고 있습니다. 대부분 자원자들인 이런 스파이들은 철도 회사의 건설 정신을 고양하는 데 평생을 바치고 있답니다. 종종 순진한 승객은 자기가 말하는 것이 무엇인지도 모른 채, 단지 말하기 위한 목적으로만 말합니다. 그러나 스파이들은 그들의 의견이 아무리 단순하고 적의 없는 말이라도, 그 말이 지닌 모든 의미를 즉시 간파합니다. 그들은 이 세상의 가장 순진무구한 말에서도 죄가 있다는 결론을 찾아내고야 마는 사람들입니다. 만일 당신이 아무리 사소하더라도 경솔한 짓을 하면, 그것만으로도 체포될 것입니다. 그리고 유치장 객차에서 평생을 보내게 되거나, 아니면 정글 속에 파묻힌 가짜 역에 당신을 강제로 하차시킬 것입니다. 그러니 확신을 갖고 여행하십시오. 그리고 가능한 한 적은 양의 음식을 드십시오. 또한 T에서 아는 얼굴을 볼 때까지는 절대로 플랫폼에 발을 딛지 마십시오."

"하지만 T에는 아는 사람이 하나도 없는데요."

"그렇다면 당신은 훨씬 더 조심을 해야 합니다. 당신에게 장담하는데, 아마 여행 도중에 많은 유혹이 있을 것입니다. 가령 당신이 창문을 바라보면, 신기루의 덫에 빠지고 말 겁니다. 기차 창문에는 승객들이 마음속에서 모든 종류의 환영을 창조하도록 교묘한 장치가 설치되어 있습니다. 마음이 약한 사람만이 그런 덫에 빠지는 것은 아니지요. 기관차에서 작동하는 특정 기구들은 시끄러운 소리를 내며 움직이면서, 기차가 실제로 달리고 있다고 믿게 만들지요. 그러나 기차는 실제로 여러 주일 동안 꼼짝하지 않고 있는 것입니다. 그런 동안에 승객들은 창문으로 멋진 풍경이 지나가는 것을 보게 되는 것이랍니다."

"도대체 무슨 목적으로 그렇게 하는 것입니까?"

"이 모든 것은 회사가 승객들의 고통을 덜어주려는 건전한 목적에서 한 것입니다. 그리고 가능한 한 이동에 따르는 괴로움을 감소시키려는 것이었습니다. 회사가 바라는 것은 언젠가 승객들이 전지전능한 기차 회사가 조작한 우연이란 것에 완전히 그들의 운명을 맡기게 하는 것입니다. 그러면 승객들은 자신들이 어디로 가는지, 그리고 어디에서 오는지조차도 관심이 없게 되지요."

"그런데 당신은 기차로 여행을 많이 했습니까?"

"선생, 난 단지 역무원일 뿐입니다. 사실대로 말하자면, 난 퇴직한 역무원이고, 단지 가끔씩 좋은 시절을 회상하기 위해 이곳에 모습을 드러낼 뿐입니다. 난 한 번도 기차로 여행한 적이 없고, 그럴 생각도 없답니다. 하지만 여행객들은 내게 많은 이야기를 들려주지요. 당신에게 말했던 F라는 마을 이외에도, 난 기차로 인해 많은 마을들이 탄생되었다는 사실을 알고 있습니다. 종종 기차 승무원들은 이상한 명령을 받는 경우가 있습니다. 그들은 승객들에게 객차에서 내려서 구경하라고 권하지요. 일반적으로 특정 지역의 멋진 자연 경관을 감상하라는 핑계를 대지요. 그들은 동굴이니, 폭포니 혹은 유명한 유적 같은 것에 대해 말합니다. 차장은 '동굴을 비롯해 이런저런 것을 감상하도록 15분을 드리겠습니다'라고 다정한 목소리로 말합니다. 그리고 승객들이 어느 정도 기차에서 멀어지게 되면, 전속력으로 기적을 울리며 달아납니다."

"그럼 승객들은 어떻게 하죠?"

"어느 정도 시간이 흐를 때까지 그들은 당황한 나머지 이리저리 방황합니다. 하지만 결국 서로 모여 취락을 이루어 정착하게 됩니다. 이런 뜻밖의 정차는 모든 문명과 멀리 떨어져 있고, 천연 자원이 풍부한 장소에서 이루어지곤 합니다. 그러면 그곳에서 승객들은 자기들이 선택한 땅에 운명을 맡기지요. 특히 젊은 사람들은 많은 여자들과 관계를 갖는 데 전념하게 됩니다. 당신은 마지막 생애를 예쁜 여자와 함께 아무도 모르는 멋진 지역에서 보내고 싶지 않습니까?"

미소 짓는 그 늙은이는 윙크를 하면서 상냥하지만 짓궂은 얼굴로 이방인을 바라보고 있었다. 바로 그 순간 멀리서 들려오는 기적 소리를 들었다. 역무원은 갑자기 뛰어가더니 자기 랜턴으로 우스꽝스럽게 엉터리 신호를 마구 보내기 시작했다.

"기차입니까?"

이방인이 물었다.

노인은 허둥지둥 철길을 따라 뛰기 시작했다. 어느 정도 이방인과 거리를 두게 되자, 그는 뒤를 돌아보며 소리쳤다.

"당신은 행운아입니다! 내일이면 당신이 가고자 하던 그 유명한 역에 도착할 것입니다. 그 역 이름이 뭐라고 그랬지요?"

"X입니다!"

이방인이 대답했다.

그 순간 노인의 몸은 밝아오던 아침 햇살 속에서 녹듯이 사라졌다. 하지만 랜턴의 붉은 빛은 계속 흘러나오면서 기차와 마주칠 때까지 철길을 따라 이리저리 뛰면서 마구 흘러가고 있었다.

 그런 광경 저쪽으로 기차는 그리스도가 요란하게 강림(降臨)하듯이 가까이 다가오고 있었다.

연속된 공원

Continuidad de los parques

훌리오 코르타사르

그는 며칠 전에 소설 한 편을 읽기 시작했다. 하지만 급한
업무 때문에 도중에 그만두었다가 기차로 별장에 도착해서
다시 책을 펼쳤다. 그는 천천히 소설 줄거리와 작중 인물들
의 삽화 속으로 빠져들고 있었다. 그날 오후 자기 법정 대리
인에게 편지 한 통을 쓰고, 집사와 농장 경영 문제에 관해 논
의를 하고 나서, 참나무 숲 공원이 내려다보이는 조용한 서
재 안에서 다시 책으로 돌아왔다. 그는 자기가 가장 좋아하
는 소파에 느긋하게 기대앉았다. 소파의 등은 문 쪽을 향하
고 있었다. 만일 그런 방향이 아니었다면 누군가가 침입할지

훌리오 코르타사르 Julio Cortázar(아르헨티나, 1910~1984): 라틴아메리카
작가 중 가장 어렵고 복잡한 실험 소설을 추구한 작가. 1910년 아르헨티
나 국적으로 벨기에의 브뤼셀에서 출생. 1951년 프랑스로 이주하여 유네
스코 공식 번역가로 활동. 작품으로는 『상(賞)』『팔방차기 놀이』『63: 무
장의 모델』『마누엘의 책』『야수집』『모든 불은 불』등이 있음.

도 모른다는 가능성으로 불안해했을지도 모를 일이었다. 그는 왼손으로 여러 차례 초록색 벨벳 천을 어루만지면서 소설의 마지막 부분을 읽기 시작했다. 그는 별어려움 없이 주인공들의 이름과 얼굴을 기억할 수 있었다. 소설적 환상이 즉시 그를 엄습했다. 그는 자기 머리가 등 높은 벨벳 의자에서 편안히 휴식을 취하고 있으며, 담배는 자기가 팔을 뻗으면 닿을 만한 곳에 있고, 큰 창문 너머로 참나무 밑에서 석양의 공기가 춤을 추고 있다는 느낌을 받고 있었다. 동시에 그는 자기 마음을 에워싸고 있던 그 책을 한 줄 한 줄씩 정복하는 거의 음탕에 가까운 쾌락을 만끽하고 있었다. 그는 단어 하나씩 읽으면서 주인공들의 천박한 말싸움에 몰입한 채, 그들의 이미지를 향해 빠져들고 있었다. 그 이미지는 이제 점점 조화를 이루면서 제 색깔을 띠며 움직이기 시작하고 있었다. 그는 산 속의 산장에서 있었던 마지막 만남의 증인이었다. 먼저 여자가 수상쩍다는 표정을 지으면서 들어오고 있었다. 그러자 이제는 나뭇가지에 긁혀 상처 난 얼굴로 그녀의 애인이 도착하고 있었다. 그녀는 애인의 얼굴에서 흘러나오는 피를 키스로 막는 훌륭한 일을 하고 있었다. 하지만 그는 그런 애무를 뿌리쳤다. 그는 마른 낙엽과 은밀한 오솔길의 세계로 보호받으며 비밀스런 열정의 의식을 반복하려고 그곳에 온 것이 아니었다. 그의 가슴속에 숨겨진 단도는 따뜻했으며, 그 단도 밑에는 음흉한 자유의 맥박이 고동치고 있었다. 그가 그토록 갈구하던 대화는 꾸불꾸불한 개울물처럼 책 페이지 속에서 느릿느릿 흘러가고 있었고, 그는 모든 것은 이미 영원히 결정되어 있다는 것을 느끼고 있었다. 여자는 애인을 잡아두고 설득하기 위해 애인의 몸을 애무로 감싸고 있었다. 하지만 그런 애무까지도 그가 파괴해야만 할 역겨운 다른 육체의 형상을 그리고 있었다. 그는 아무것도 잊지 않고 있었다. 알리바이, 우연 그리고 일어날 수 있는 모든 실수까지 하나도 빠짐없이 예측하고 있었다. 그는 그 순간 이후 자기가 세심하게 할당했던 시간에 해야 할 일을 정확히 했다. 여러 차례 무자비하게 점검된 그의 계획은 한 손이 뺨을 애무하면서 잠시 중단되었다. 밤이 이슥해지기 시작하고 있었다.

이제 그들은 서로 쳐다보지도 않은 채, 그들을 기다리는 업무에 매어 산장 문 앞에서 헤어졌다. 그녀는 북쪽을 향하는 산길을 가야만 했다. 그녀가 가는 반대쪽 산길에서 그는 잠시 뒤를 돌아 머리를 흩날리며 뛰어가는 그녀를 쳐다보았다. 그리고는 나무와 울타리에 넘어지지 않게 애를 쓰면서, 석양의 접시꽃 안개 사이로 집으로 가는 길이 나타날 때까지 자기가 가던 길로 마구 뛰었다. 개들은 짖지 않아야만 했고, 또 사실 짖지 않았다. 집사는 그 시간에 집에 없을 것이고, 정말로 있지 않았다. 그는 현관 계단 세 개를 올라가서 집안으로 들어갔다. 그의 귀에는 피가 콸콸 흘러내리는 소리가 들리고 있었다. 그리고 그 핏속에서 처음에는 푸른색 거실,

그 다음에는 복도와 카펫이 깔린 계단이 있을 것이라는 여인의 말이 들려왔다. 2층에는 문이 두 개 있었다. 첫번째 방에는 아무도 없었다. 그리고 두번째 방에도 아무도 없었다. 거실 문을 열자 단도를 쥔 손과 창문으로 들어오는 햇빛, 초록색 벨벳 천 소파의 높은 의자 등, 소파에 앉아서 소설을 읽고 있는 남자의 머리가 보였다.

요리 강습
Lección de cocina

로사리오 카스테야노스

부엌은 하얗게 빛나고 있다. 사용하면서 더럽힐 것을 생각하니 아쉬운 생각이 든다. 하지만 이제 앉아서 부엌을 응시하고 설명해야 하며, 눈을 감고 그것을 떠올려야만 할 시간이다. 깨끗한 부엌을 자세히 살펴보면, 이런 깔끔함은 우리를 오싹하게 만드는 정신병원처럼 과도하게 청결한 것은 아님을 알 수 있다. 혹시 이런 섬뜩한 분위기는 소독 냄새와 바쁘게 걷는 간호사들의 조용한 발자국 소리 때문에 생기는 건

로사리오 카스테야노스 Rosario Castellanos(멕시코, 1925~1974): 멕시코 시티에서 태어나 멕시코와 해외에서 철학을 공부함. 그녀의 작품은 멕시코 여자로서의 정체성을 지성적인 논리로 명쾌하게 추구하는 것으로 널리 알려져 있음. 신문 기자로 활동하면서, 멕시코와 외국 대학에서 강의도 했으며, 이스라엘 주재 멕시코 대사를 역임하였음. 주요 작품으로는 『어둠 속의 작업』『8월에 초대받은 사람들』『왕도(王都)』등이 있음.

아닐까? 사실 간호사들의 발자국이야말로 환자가 무슨 병에 걸렸는지 그리고 곧 죽게 될 것인지를 알게 해주는 숨겨진 존재들이다. 하지만 그런 것은 나와 전혀 상관없다. 내가 있는 장소는 바로 여기다. 인류가 시작되었을 때부터 여자는 이곳에 있어왔다. 독일 속담에는 여자란 퀴체(부엌), 킨데르(아이), 키르체(기도)와 동의어란 말이 있다. 예전에 나는 강의실과 거리 그리고 사무실과 카페를 방황했다. 많은 지식과 기술을 배우려고 시간을 썼지만, 이제는 다른 지식과 기술을 배우기 위해 예전의 것은 모두 잊어야만 한다. 가령 나는 어떤 메뉴를 선택해야 할 것인지 생각해야 한다. 어떻게 이토록 과중한 일을 사회나 인류 역사의 도움 없이 수행할 수 있을까? 내 키에 맞게 특별히 제작된 선반에는 내 정신의 수호신들이 일직선으로 정리되어 있다. 그것은 바로 극찬 받는 요리사들의 책이다. 그 책 속에서 요리사들은 요리법을 통해 도저히 해결될 수 없는 모순들을 서로 조화시킨다. 즉, 많이 먹으면서도 날씬한 몸매를 유지하는 법, 보기에 화려한 음식을 경제적으로 만드는 법, 맛좋은 음식을 빠르게 만드는 법 등이다. 그들의 이런 배합은 끝이 없다. 경제적으로 날씬한 몸매를 유지하는 법, 보기에 화려한 요리를 빠르게 만드는 법, 맛좋은 음식을…… 경험 많은 주부여, 있으면서도 없는 어머니의 영감이여, 전통의 목소리여, 슈퍼마켓의 비밀을 마구 떠들어대는 사람들이여, 당신들은 내게 오늘 저녁 요리로

무엇이 좋다고 충고합니까? 나는 아무 요리책이나 펼쳐서
'돈키호테의 저녁'이라는 요리법을 읽는다. 아주 문학적이
지만 만족스럽지는 않은 제목이다. 왜냐하면 돈키호테는 미
식가가 아니라 길을 잃고 헤매는 사람이기 때문이다. 비록
이 작품을 좀더 깊이 분석하면, 이런저런 것들이 나올지 모
르지만…… 이 요리법은 다리 밑을 지나는 물보다 이 인물에
더 많은 잉크를 사용하고 있다. '얼굴 중심부의 작은 새,' 이
것은 너무나 비교(秘敎)적인 냄새가 풍긴다. 도대체 어떤 얼
굴의 중심부란 말인가? 무언가의 얼굴 혹은 누군가의 얼굴
에 중심이 있는가? 만일 있다면, 그건 입맛을 돋굴 만한 음
식은 아닐 것이다. 『비고스, 루마니아 스타일』. 이 책의 저자
여, 지금 당신은 누구에게 말하고 있다고 생각하고 있소? 만
일 내가 쑥이나 파인애플을 사용한 요리를 잘 알고 있다면,
이런 책을 참고하고 있지는 않을 것입니다. 왜냐하면 이것은
다른 많은 요리들을 알고 있다는 것을 의미하기 때문입니다.
만일 당신이 현실에 대한 최소한의 판단력이 있다면, 이런
책을 쓰느니 차라리 당신 자신이나 당신 동료들의 누군가라
도 요리 전문 용어 사전을 써서 일반 사람도 어려운 요리법
을 손쉽게 이해할 수 있도록 하는 편이 나을 것입니다. 그러
나 모든 요리책들의 저자는 여자들이 자기들 지식 수준과 똑
같다고 생각하면서 요리법을 나열하는 데 한정시킨다. 엄숙
히 고백하건대, 나는 당신들과 같은 수준이 아닐 뿐만 아니

라, 당신들이 다른 여자들과 함께 알고 있는 요리를 해서 칭찬을 받은 적이 한번도 없습니다. 솔직히 말해 나는 요리라는 것은 해본 적이 없습니다. 당신들은 그 증상을 주시할 수 있을 것입니다. 나는 멍청이처럼 깨끗하고 무감각한 부엌 안에 멈추어서서 앞치마를 두릅니다. 하지만 그것은 내가 그럴 듯하게 보이기 위해 사용하는 것일 뿐이며, 앞치마를 두르면 속으론 창피하지만 겉으로는 어설픈 내 모습을 정당하게 감출 수 있기 때문입니다.

나는 '고기류'라고 써 있는 냉장고의 냉동실 문을 열고 얼음이 위에 달라붙어 도저히 알아볼 수 없는 고기 팩을 하나 꺼낸다. 따뜻한 물에 얼음을 녹이자, 라벨에 적혀 있는 내용물 표시가 눈에 띈다. 그것이 없었더라면 나는 절대로 그 팩에 담긴 내용물이 무엇인지 몰랐을 것이다. 그것은 바로 스테이크용 고기였다. 정말로 멋진 메뉴였다. 그거야말로 간단하면서도 몸에 좋은 음식이다. 하지만 그 요리는 어떤 종류의 모순을 극복하려고 하지도 않고, 또한 어떤 종류의 격언적인 제안도 하지 않기 때문에 내게 별로 흥미를 주지는 않는다.

그런 과도한 논리만이 내 배고픔을 잊게 하는 것은 아니다. 또한 냉동실의 차가운 온도로 꽁꽁 얼어붙은 고기의 외양을 보자 배고픔이 사라진다. 그 팩을 뜯자 고기 색깔이 선명하게 드러난다. 마치 피를 흘릴 듯한 붉은 색이다.

그 붉은 색은 아카풀코의 해변에서 음탕한 놀이를 하며 햇볕에 그을린 뒤, 나와 내 남편의 등에 새겨진 색깔이었다. 그는 '남자답게 행동할 것'이라며 즐거운 표정으로 엎드려 누웠다. 그래서 그는 쓰려오는 피부가 그 어느 것에도 스치지 않게 할 수 있었다. 그러나 나는 보금자리에만 있는 비둘기처럼 유순한 멕시코 여자였기에, 침대에 누워 콰우테목처럼 고통을 참으며 미소짓고 있었다. 그러자 그는 "우리 침대는 장미 침대가 아니야"라고 말하면서 입을 다물고 조용히 내 몸 위로 올라왔다. 나는 하늘을 향해 드러누운 채 내 무게뿐만 아니라 내 위에 엎드린 그의 무게까지도 감당해야만 했다. 그건 사랑을 할 때 취하는 고전적인 자세였다. 그리고 나는 흥분을 못 이겨 즐거운 신음 소리를 냈다. 그것 역시 고전적인 신음 소리였다. 신화에 나오는 그런 신음 소리였던 것이다.

최고의 순간(적어도 빨갛게 타버린 내 피부에게 있어서)은 그가 잠들었을 때였다. 첫날밤에 입은 나일론 나이트 가운은 내 손가락에서 — 타자기의 자판을 너무나 오래 두드려 무뎌진 — 미끄러지듯이 빠져나가 레이스처럼 보이기 위해 애를 쓰고 있었다. 나는 여자를 더욱 여성적이게 보이게 만드는 단추와 다른 장식들을 깊은 밤의 어둠 속에서 만지작거리고 있었다. 몇 번이고 심사숙고를 한 끝에 결정한 순백의 네글리제는 외설의 상징이었지만, 이제는 그 의미가 사라지고 없었다. 어느 순간 이 옷은 두 사람의 눈과 방안의 불빛 아래에 서 그 의미를 모두 보여주었지만, 이제는 피로에 지친 두 사 람의 눈 아래에 헝클어져 있었다.

눈을 몇 번 깜짝거리고는 다시 눈을 감는다. 나는 다시 생 각의 늪으로 도피한다. 광활하게 펼쳐진 거대한 모래사장. 바다밖에는 눈에 보이지 않는다. 하지만 넘실거리는 파도 때 문에 나는 옴짝달싹도 할 수 없다. 그러자 내가 서 있던 벼랑 은 내게 뛰어내려 자살하라고 부추긴다.

그러나 이건 거짓말이다. 나는 꿈을 꾸고, 또 꿈을 꾸고, 또 다시 꿈을 꾸는 꿈이 아니다. 나는 유리잔 속에 비친 이미 지를 반영하지는 않는다. 나는 의식의 먹구름에서 완전히 제 거되지는 않고 있다. 비록 내 곁에 있으면서도 내게서 멀리 떨어진 사람이 나를 우습게 여기고 나를 잊으며 폄하하고, 나를 버리고 사랑하지 않을지라도, 나는 끈끈하고 탁하면서 안개가 자욱이 긴 인생을 계속해서 살아갈 것이다.

나는 이런 의식의 문을 닫고, 옆에 있는 사람을 버리고 없 애버릴 수도 있다. 나는…… 소금을 뿌리자 요란하게 붉던 고기 색은 어느 정도 가라앉았다. 그러자 이제는 어느 정도 참을 만한 친숙한 존재가 되어 있다. 그건 내가 아무 생각도 없이 수천 번 보아왔던 고기 덩어리다. 그건 바로 내가 주방 문을 빠끔히 열고는 급한 표정으로 요리사를 쳐다보면 서……

우리는 태어날 때부터 함께 있던 사람들이 아니었다. 우리의 만남은 우연이었다. 그런데 그건 과연 행복한 우연이었을까? 그런 사실을 확인하기에는 아직 너무 이르다. 우리는 전시회, 강연회, 영화 클럽에서 우연히 만났다. 우리는 엘리베이터 안에서 마주치곤 했다. 그는 전차에서 내게 자리를 양보하곤 했다. 그런데 당시까지 멍하니 바라만 보면서, 만나면 당황해 하고 있었다. 그런데 이런 두 사람들에게 기회를 만들어준 것은 동물원 경비원이었다. 우리는 기린을 바라보고 있었다. 그런데 경비원이 동물원 문을 닫을 시간이라고 말했던 것이다. 그러자 바보스럽지만 누군가는 반드시 해야만 할 질문을 던졌다. 그것이 그 사람인지 나인지는 잘 모르겠지만, 어쨌든 그건 중요한 일이 아니다. 그 질문은 "당신은 일을 합니까, 아니면 공부합니까?"였다. 바로 그때 상호의 관심과 선의의 의도가 조화를 이루면서 '진지한' 목적이 표명된 것이었다. 1년 전에 나는 그 사람이 존재하는지조차 몰랐지만, 이제는 그의 정액과 땀으로 축축하게 범벅이 된 허벅지를 드러낸 채 그의 옆에 편히 누워 있다. 나는 그를 깨우지 않은 채 일어나 맨발로 샤워실까지 갈 수 있었다. 그런데 나를 정화하려고 샤워를 하려고 했던 것일까? 나는 그를 역겹게 생각하지는 않는다. 오히려 그와 함께 합치는 것은 정액을 닦는 것처럼 쉬운 일이지만, 성사(聖事)처럼 끔찍한 것이 아니라고 생각하고 싶다.

그래서 나는 침대에서 꼼짝하지 않으면서 평온한 것처럼 규칙적으로 호흡을 한다. 그리고는 불면의 세계로 빠져든다. 그것은 내가 간직하고 있는 처녀 시절의 유일한 보석이다. 나는 죽을 때까지 그런 세계를 간직할 생각이다.

잠시 후추 세례를 받자 고깃덩이는 흰머리가 난 듯이 변해 버린다. 나는 고기를 마구 비벼대어 고깃덩이에서 늙은이의 기미를 떨어낸다. 그것은 마치 후추가 두꺼운 고기 표면을 뚫고 들어가 후추향이 배듯이, 나 역시 겉으로 보이는 모습을 떨쳐버리고 내 안에 본질적인 것을 빼곡하게 스며들게 하려는 노력이었다. 나는 내 옛 이름을 잃어버렸으며, 아직도 내 것이 아닌 새로운 이름에 적응이 되지 않았다. 호텔 로비에서 어느 종업원이 나를 불렀을 때, 나는 귀머거리처럼 멍하니 있었다. 그것은 바로 내 성(姓)이 바뀌었다는 것에 대한 막연한 불쾌감이었으며, 그것을 인정하는 서곡이었다. 자기 이름을 부르는데 대답도 하지 않은 사람이 있을까? 그건 급하고 중요한 문제일 수도 있고, 삶이냐 죽음이냐를 따지는 중대한 것일 수도 있다. 아무런 반응도 보이지 않으면, 이름을 부른 사람은 맥이 빠져 아무 흔적이나 메시지도 남기지 않고 가버린다. 그러면 두 사람이 다시 만날 수 있을 것이라는 가능성도 모두 사라져버리는 법이다. 그런데 내 가슴을 이토록 답답하게 하는 것이 고민 때문일까? 아니다. 내 어깨를 누르고 있는 것은 바로 그의 손이었다. 그의 입술은 인자

한 듯하면서도 아이러니컬하게 웃고 있다. 그것은 평소의 그의 미소라기보다는 오히려 마술사나 짓는 듯한 미소다.

우리가 바를 향해 걷는 동안(어깨가 아려온다. 마치 껍질이 벗겨지는 것 같다) 나는 내 어깨 위에 올린 그의 손을 잠자코 받아들였다. 내가 그와 피부를 접촉하거나 충돌하면서 심한 변신을 했다는 것은 사실이다. 당시에는 알지 못했지만 지금은 알고 있다. 나는 느끼지 못했지만 지금은 느끼고 있다. 나는 내가 누구인지 제대로 몰랐지만, 지금은 바로 현재의 내가 누구인지 알고 있다.

고기는 그냥 그렇게 놔두어야 할 것 같다. 고기가 녹을 때까지, 그리고 내가 뿌린 향료가 스며들 때까지 말이다. 내가 제대로 판단하지 못해 우리 두 사람이 먹기에는 너무 큰 고기를 산 것 같은 인상이 든다. 나는 나이프로 썰어먹는 게 귀찮아 고기를 즐겨 먹지 않는다. 반면에 그는 심미적 이유를 들어가며 몸매를 지키려고 애를 쓴다. 그러니 이 고기의 대부분이 쓰레기통에 버려질 것은 뻔하다. 그래, 나는 이런 것으로 걱정할 필요가 없다. 내 주위를 펄럭거리며 날아다니는 요정 중의 하나가 나를 도와줄 것이며, 내가 나머지 고기를 어떻게 해야 할 것인지를 설명해줄 것이다. 하지만 어쨌거나 이렇게 생각한다는 것은 잘못된 방법이다. 결혼 생활을 이렇게 대충대충 시작해서는 안 된다. 이런 스테이크처럼 맛없고 하찮은 것으로 시작해서는 안 된다는 생각이 갑자기 엄습

한다.

고마워요, 라고 나는 중얼거린다. 그런 동안 나는 냅킨으로 내 입술을 톡톡 두드리며 닦는다. 올리브가 담긴 투명한 컵에도 고맙다고 한다. 그리고 남편에게 재미없고 비생산적인 일과라는 새장을 열어주어 고맙다고 말한다. 나는 요리책의 모든 지시 사항을 따라 할 것이고, 그러면 이내 또 다른 일과라는 새장에 갇힐 것이다. 내가 길고 화려한 웨딩드레스를 입을 기회를 주어서 고마워요, 그리고 오르간 소리를 들으며 감격에 복받쳐 교회 안으로 걸어 들어갈 수 있도록 도와준 데 고마워요. 고마워요⋯⋯

그런데 이 스테이크가 완성되려면 얼마나 걸릴까? 하지만 나는 이런 것에 너무 신경 쓰지 말아야 한다. 왜냐하면 먹기 얼마 전에 프라이팬에 올려놓으면 되니까 말이다. 요리책에 의하면 그리 오랜 시간이 걸리지 않는다고 적혀 있다. 그런데 도대체 오래 걸리지 않는다는 것은 얼마를 뜻할까? 15분일까? 아니면 10분일까? 5분일까? 물론 이 책은 이런 것을 자세히 설명해주고 있지 않다. 내가 직감적으로 알아내는 수밖에는 없다. 내가 여성이기 때문에 나는 그런 직감을 지녀야 하지만 나는 그런 것을 갖고 있지 못하다. 내가 갖고 태어나지 않은 그런 감각을 지녀야만, 아마도 고기가 가장 잘 익은 정확한 순간을 알 수 있는 모양이다.

그럼 당신은? 내게 감사해야 할 것이 하나도 없나요? 당신은 잘난 듯이 엄숙하게 모든 일을 하나도 빠짐없이 해냈지요. 아마 당신은 나를 사랑한다는 듯이 보이려고 했지만, 그런 행동은 몹시 불쾌했어요. 바로 내 처녀성을 다룰 때 말이에요. 당신이 내 처녀를 보았을 때, 나는 이미 사라지고 없는 이 지구상의 마지막 공룡처럼 느껴졌어요. 나는 내 자신을 합리화하려고 했어요. 그리고 내가 처녀를 간직한 채 당신에게 온 것은, 정조나 자만 혹은 추함과 같은 생각 때문이 아니라 단지 전통적인 스타일에 매달렸기 때문이라고 설명하려고 했어요. 나는 진주에 난 조그만 흠도 참지 못하는 성격이에요. 그러니 신고전주의자가 되는 수밖에 다른 도리가 없었고, 그런 엄격함은 사랑하는 것과는 양립할 수 없는 것이었지요. 나는 노젓는 뱃사공이나 테니스 선수나 발레리나처럼 민첩하지 못해요. 난 어떤 운동도 제대로 하는 게 없어요. 나는 우리의 신방에서 결혼 의식을 마친 것일 뿐이에요. 그리고 항복의 몸짓 같은 어색한 내 자세 때문에 내 얼굴이 동상처럼 굳어졌던 거지요.

그런데 당신은 내가 적극적으로 변하기를 기다리고 있고, 그런 것을 원하고 필요로 하고 있나요? 아니면 당신에게 바치는 이런 성스런 행위에 만족하나요? 그리고 그런 수동성이 내 성격에 부합한다고 생각하는 건 아닌가요? 만일 당신 성격이 변덕스럽고 게걸스럽다면, 당신은 아마도 내가 당신의 사랑 모험에 걸림돌이 되지 않을 거라고 생각하면서 안심하고 있을 겁니다. 다행히 내 성격상, 내 감정을 북돋울 필요도 없고, 아이들로 내 손발을 묶을 필요도 없으며, 체념이라는 진한 꿀로 내 입을 막아버릴 필요도 없을 거예요. 나는 지금 있는 것처럼 앞으로도 그렇게 있을 거예요. 아주 가만히 말이에요. 당신 몸이 내 몸 위로 떨어질 때면, 나는 다른 사람의 이름과 내 기억 속에 남아 있는 날짜가 새겨진 비석이 나를 덮어버리고 있다고 생각할 거예요. 당신은 알아들을 수 없는 말을 중얼거리며 신음할 테고, 나는 당신의 귀에 내 이름을 속삭일 거예요. 당신이 소유하고 있는 사람이 나라는 것을 기억시키기 위해 말이에요.

그래, 나는 나예요. 그런데 나는 누구일까요? 물론 당신의 아내지요. 이런 직함만으로 나는 과거의 기억에서 현재의 나를 구별하고, 미래의 계획에서 현재의 나를 찾아낼 수 있어요. 나는 당신의 소유권이 명시된 이름을 달고 다니지만, 당신은 나를 믿지 못하겠다는 듯이 쳐다보고 있어요. 나는 당신을 잡기 위해 그물을 짜는 사람이 아니에요. 또한 신앙심이 투철한 벌레도 아니에요. 나는 당신이 나를 아내라고 생각하고 있다는 사실에 감사할 뿐이에요. 하지만 그건 모두 거짓이에요.

이 고기는 질기고 딱딱하다. 그래서 쇠고기 같아 보이질 않는다. 아마 매머드 고기일 것이다. 이 고기는 선사 시대부터 시베리아의 빙하 속에 간직되어 있었고, 그곳 사람들은 이 고기를 녹여 양념을 한 다음에 음식으로 사용했다. 대사관에서 보여준 지겹기 짝이 없는 이 기록 영화는 과도할 정도로 이 동물을 자세히 묘사하고 있었는데, 이 고기를 먹는데 전념하던 시대에 관해서는 일언반구도 없었다. 그게 수년 전이었던가 아니면 수개월 전이었던가…… 내가 마음대로 기억할 수 있는 기간은 기껏해야……

종달새일까? 아니면 나이팅게일일까? 아니다. 우리의 시간은 로미오와 줄리엣에게 여명이 밝아올 시간을 알려주는 날개 달린 창조물에 의해 지배되는 것이 아니라, 정확한 시간에 시끄럽게 울리는 자명종에 의해 다스려진다. 그리고 날이 밝으면 당신은 세 가닥으로 꼰 내 머리칼의 사다리로 내려오는 것이 아니라, 사소한 불평의 길을 통해 내려온다. 가령, 겉옷은 단추 하나가 떨어져 있고, 빵은 탔으며, 커피는 식어 있다는 등의 불평을 하면서.

나는 마음속으로 내 분노를 삼킬 것이다. 나는 식모처럼 집안의 모든 일을 할 의무가 있다. 나는 이 집을 먼지 하나 없이 깨끗이 청소할 것이며, 빨래도 할 것이고, 한번도 빠짐 없이 식사도 준비할 것이다. 하지만 나는 한푼도 받지 못하고, 일주일에 한번씩 휴일도 없으며, 주인을 바꿀 수도 없다. 나는 집안 일에 온 정성을 쏟아야 하며, 가장이 요구하고 동료들은 음모하고, 부하들은 증오할 일을 효과적으로 수행할 것이다. 시간이 나면, 나는 남편 친구들에게 점심과 저녁 식사를 대접하는 사교계 인사로 탈바꿈할 것이고, 모임에도 참석할 것이며, 오페라 입장권을 예약할 것이고, 몸매에도 관심을 가질 것이며, 옷도 계속 바꿀 것이고, 피부에도 신경 쓸 것이며, 내 매력을 유지하도록 신경을 쓸 것이고, 농담도 멋지게 할 것이며, 밤늦게 자서 아침 일찍 일어날 것이고, 매달마다 임신의 위험을 무릅쓸 것이며, 간부들과의 저녁 모임이 있다는 말과 뜻하지 않은 손님이 왔다는 남편 말을 믿을 것이다. 또한 남편의 와이셔츠나 손수건에서 내가 사용하는 것과 다른 프랑스 향수 냄새가 나면 온갖 망상에 시달릴 것이고, 남편이 없는 외로운 밤에는 내가 무엇 때문에 괴로워하는지 생각하지 않고, 진한 술을 준비해서 마실 것이며, 술기운으로 기분을 되찾아 탐정소설을 읽을 것이다.

가스 레인지의 불을 켤 시간이 아닐까? 고기가 서서히 구워질 수 있도록 약한 불로 조금씩 프라이팬을 데운다. 요리책에는 "사전에 약간의 고기 기름을 프라이팬에 발라야만 한다. 그래야 고기가 프라이팬에 달라붙지 않는다"라고 적혀 있다. 이런 것은 나 같은 사람조차도 아는 사실이다. 그러므로 나는 요리책에서 이런 권고 사항을 읽는 데 시간을 낭비할 필요가 없다.

그런데 나는 아주 바보다. 하지만 이제는 그런 것을 '멍청하다'고 말한다. 예전에는 그런 것이 순진함이었고 당신은 그런 나를 몹시도 좋아했다. 그러나 나는 그런 것을 좋아한

적이 한 번도 없었다. 처녀 시절에 나는 남몰래 숨어서 읽은 것들이 있었다. 흥분되면서도 창피한 마음으로 땀을 흘리며 읽곤 했다. 하지만 하나도 이해할 수가 없었다. 그런 것을 읽을 때면 관자놀이가 고동쳤으며, 눈앞이 아른거렸고, 구역질 날 것 같은 경련을 느끼면서 내 허벅지 근육이 수축하곤 했다.

이제 기름이 끓기 시작한다. 손이 헤픈 나머지 기름을 너무 많이 부었다. 그래서 이제는 기름이 탁탁거리며 튀어올라 내 손에 화상을 입힌다. 이렇게 나는 내 죄 때문에, 내 커다란 죄 때문에 불타는 지옥에서 타버릴 것이다. 하지만 너만이 그런 여자는 아니다. 당신의 모든 학교 친구들도 모두 당신과 똑같이 했거나, 아니면 더 나쁜 죄를 범했을 수도 있다. 그리고는 고백실에서 그 죄를 고백하고 뉘우치고서 용서받은 후, 다시 그런 죄에 빠져들곤 했다. 모든 친구들이 그랬었다. 만일 내가 계속해서 그녀들과 만났더라면, 모두 나를 심문하려 들었을 것이다. 기혼녀들은 자신들만 그랬던 것이 아니라는 사실을 확인하면서 안심하기 위해 그랬을 것이고, 처녀들은 어디까지 모험을 할 수 있는지를 확인하기 위해 꼬치꼬치 캐물었을 것이다. 내가 그런 그녀들을 실망시킬 수는 없었을 것이다. 그래서 재주넘기를 하거나 아주 멋진 속임수를 부리거나 인내에 관한 인류 최고의 기록이라는 『아라비안 나이트』에서 말한 '황홀경'에 관한 이야기를 꾸며댔을 것이

다. 카사노바여, 만일 그대가 내 이야기를 들었더라면, 그대
는 내가 누군지 알아보지 못했으리라.

나는 고기를 프라이팬에 던져놓고는 나도 모르게 본능적
으로 벽 쪽으로 물러난다. 너무나 요란한 소리가 난다. 하지
만 마침내 그 소리는 멈추고 만다. 고기는 시체의 속성을 버
리지 못한 채 조용히 프라이팬 속에 있다. 나는 아직도 그 고
깃덩이가 너무 크다고 생각하고 있다.

하지만 당신이 내 희망을 저버린 것이 아니에요. 나는 특
별히 바라던 것이 없었어요. 이것만은 틀림없는 사실이에요.
점차로 우리는 서로 알게 될 것이고, 우리의 비밀과 우리의
조그만 속임수를 발견하게 될 것이고, 서로를 즐겁게 해주는
법을 익혀나갈 수 있을 거예요. 그리고 어느 날 당신과 나는
완벽한 한 쌍의 연인이 될 것이며, 그러면 우리가 서로 포용
하는 가운데 우리의 모습이 사라지면서 화면에는 '끝'이라
는 단어가 모습을 드러낼 거예요.

그런데 도대체 무슨 일일까? 고기는 움츠러들면서 작아지
고 있다. 아니, 이건 꿈이 아니다. 이건 내가 잘못 본 것이 아
니다. 프라이팬에 그려진 주위색으로 고기 본래의 크기를 그
대로 볼 수 있다. 이 고기는 지금보다 조금 더 컸었다. 정말
잘된 일이야! 제발 우리 식욕에 맞는 크기대로 적당히 되었
으면……

다음 번 영화에서 나는 다른 배역을 맡고 싶다. 그게 원시

마을에 사는 백인 마녀일까? 아니다. 오늘 나는 영웅이나 위험에 처한 인물이 되고 싶은 생각은 없다. 오히려 뉴욕이나 파리, 혹은 런던의 아파트에서 혼자 부유하게 사는 유명한 여자(가령 패션 디자이너나 그와 유사한 것)가 되고 싶다. 그녀가 종종 즐기는 정사는 그녀를 기분 좋게 하지만, 그녀의 신분을 변화시키지는 않는다. 그녀는 감정에 사로잡히는 사람이 아니다. 잠시 갑자기 장면이 바뀌어 그녀는 담배에 불을 붙이고 자기 스튜디오의 커다란 창문을 통해 도시의 풍경을 바라본다.

아, 이제 고기 색깔은 더욱 점잖은 색을 띠고 있다. 단지 몇몇 끝부분만이 아직 설익었다는 것을 일깨워줄 따름이다. 그러나 나머지 부분은 노릿노릿하게 익었으며, 먹음직한 냄새를 풍기고 있다. 그런데 이 고기가 두 사람이 먹기에 충분할까? 이제는 이 고기가 너무 작아진 것 같다.

지금 당장 내가 치장하고 내 옷장에서 모델들이 입는 옷을 입고서 길거리로 나간다면 무슨 일이 벌어질까? 최고의 일은 내가 아마도 돈 많고 멋진 자동차를 탄 나이가 지긋한 중년 남자에게 접근하는 일일 것이다. 나이 지긋한 중년 남자. 그리고 돈 많은 남자. 이 시간에 거리를 배회하는 유일한 사람은 '사냥'하기 위해 방황하는 남자밖에 없을 것이다.

젠장 도대체 이게 무슨 일일까? 이 빌어먹을 고기는 이제 보기 흉한 검은 연기를 내뿜기 시작하고 있다. 내가 뒤집었어야 했는데! 한쪽 면이 새카맣게 타 있었다. 그나마 다행스러운 것은 고기가 한 면이 아닌 두 면이 있다는 것이다.

아가씨, 내가 보기에는…… 아가씨가 아니라 아줌마예요! 우리 남편은 질투심이 매우 많은 사람이라고 당신에게 말했잖아요…… 그래서 나를 혼자 다니게 놔두지 않아요. 당신은 모든 '통행인'이 유혹을 느끼게 만드는 사람입니다. 이 지구상의 그 누구도 통행인이라는 말은 쓰지 않아요. 혹시 보행자가 아닌가요? 그건 단지 신문에서 교통 사고를 당한 사람을 일컬을 때만 쓰는 말입니다. 당신은 어떤 X도 강한 유혹을 받게 하는 여자예요. 쉿! 그건 매우 의-미-깊-은 말이에요. 당신은 스핑크스 같은 시선을 갖고 있어요. 그런데 나이 먹은 남자가 어느 정도 거리를 두고 나를 뒤쫓아오고 있어요. 그게 그 남자에게는 훨씬 낫지요. 왜냐하면 길모퉁이에…… 젠장! 판사님, 우리 남편은 나를 몰래 감시하고 있고, 내가 햇빛이나 그늘에 나가도록 허락하지도 않아요. 그리고 모든 것을 의심해요. 정말 모든 걸 말이에요. 이런 식으로 살 수는 없어요. 그래서 나는 이혼하길 원해요.

그런데 지금 고기는 어떻게 되었을까? 어머니는 내가 고기 조각에 불과하다고 가르치지 않았으며, 품행 바르게 처신해야 한다고 가르치지도 않았다. 고기는 다 타버린 땔감처럼 몸을 비틀고 있다. 이것 이외에도 나는 이미 오래 전에 가스 불을 껐는데, 도대체 어디서 그토록 많은 연기가 계속해서

뿜어나오고 있는지 알 수가 없다. 물론 이것은 마음의 연기일 수도 있다. 어쨌거나 지금 내가 해야 할 일은 창문을 열고 환풍기를 틀어서 남편이 돌아올 때 아무 냄새도 맡지 못하게 하는 것이다. 그리고 내숭을 떨면서 가장 멋진 옷을 입고 최고의 미소를 지은 채, 문에서 남편을 맞이하고 외식을 하자며 속마음을 말하는 것이다.

이제 그건 하나의 가능성이다. 우리들은 식당의 메뉴판을 꼼꼼히 살펴볼 것이다. 그러는 동안 보잘것없는 재가 되어버린 고깃덩이는 쓰레기통 안에 아무도 모르게 숨어 있을 것이다. 나는 이런 사건을 말하지 않으려고 무척 조심하면서도 마구 떠들 것이다. 그러면 남편은 나를 경박스럽고 무책임한 아내로 간주할 것이지만, 바보 같은 저능아로 여기지는 않을 것이다. 이것이 바로 내가 겨냥할 첫번째 이미지다. 물론 이것이 내가 원하는 정확한 이미지는 아니지만, 나는 후에 이런 이미지를 꾸준히 지켜나가도록 노력할 것이다.

또 다른 가능성이 있다. 창문을 열지 않고, 환풍기를 틀지 않고, 고기를 쓰레기통에 던져버리지 않는 것이다. 그래서 남편이 오면 동화 속의 식인 괴물처럼 쿵쿵거리며 냄새를 맡도록 한다. 그러면서 나는 여기에는 인간의 고기 냄새가 나는 것이 아니라 쓸모 없는 여자의 냄새가 나는 것이라고 말한다. 나는 내 실수를 과장하며 떠들 것이고, 그렇게 해서 그가 관대한 아량을 베풀도록 부추길 것이다. 하지만 이런 일이 일어난 것은 너무나 평범한 것이 아닌가! 방금 내게 일어난 일은 갓 결혼한 모든 여자에게 일어나는 일이 아닌가! 우리가 시어머니를 방문하러 가면, 그녀는 자기 자신의 경험을 이야기해줄 것이다. 그녀는 어떤 것이 내 약점인 줄 모르기 때문에 아직 나를 공격할 단계가 아니다. 가령 자기 남편이 튀긴 계란 두 개[속어로 '계란'은 여자의 유방을 뜻한다. '튀긴 계란을 달라'는 것은 사랑하자는 말이다: 옮긴이 주]를 달라고 했는데, 그녀는 이 말을 문자 그대로 받아들여서…… 하, 하, 하. 바로 이런 이유로 환상적인 과부, 그러니까 멋진 요리사가 되지 못했던 것일까? 하지만 과부가 된 것은 한참 후의 일이고, 그것도 다른 이유로 발생한 것이다. 과부가 된 순간부터 그녀는 자신의 모성적 본능에 따라 아이들 응석을 받아주기 시작했던 것이고……

아니다. 그는 전혀 이런 일을 재미있게 생각할 사람이 아니다. 그는 내가 정신을 딴 데 팔았으며 부주의했기 때문에 일어난 일이라고 말할 것이다. 그러면 나는 용서를 빌면서 그의 비난을 묵묵히 받아들일 것이다.

하지만 그건 사실이 아니다. 나는 고기에서 한시도 눈을 떼지 않고 계속해서 이상하기 그지없는 일련의 사건들이 고깃덩이에 일어나는 모습을 지켜보고 있었다. 이런 점에서 성녀 테레사가 하느님은 냄비 안에 걸어다니고 있다고 한 말은 일리가 있는 것 같다. 현재 우리가 말하는 대로 하자면, 물체는 에너지라는 등식이 성립하는 것이다.

다시 한 번 정리해보자. 우선 고기는 특정한 형태와 특정한 색과 특정한 크기를 지니고 있었다. 그런 다음 변하더니 더 예쁜 모습을 띠었고, 그러자 나는 몹시 기분이 좋았다. 그리고 나서 다시 변하기 시작하더니 더 이상 예쁜 모습을 띠지 않게 되었다. 이렇게 계속해서 변하고 또 변하기 때문에 우리는 언제 그 고기가 변화를 멈출 지 제대로 알 수가 없다. 만일 내가 이 고깃덩이를 무한정으로 불에 올려놓는다면, 이 고기는 고기라는 흔적이 하나도 남지 않을 때까지 타버릴 것이다. 그리고 굳은 모양이자 실제로 존재하고 있는 것과 같은 인상을 풍기던 고깃덩이는 이제 더 이상 존재하지 않을 것이다.

그런데 이게 어쨌다는 것인가? 우리가 함께 있고, 내가 그를 만지고 그를 쳐다볼 때, 내 남편 역시 강하고 현실적인 인상을 풍긴다. 하지만 분명히 그는 바뀔 것이다. 그리고 나도 바뀔 것이다. 비록 그런 변화가 두 사람 모두 눈치채지 못할 정도로 천천히 느리게 진행될지라도…… 그러면 그는 떠날 것이고, 불현듯 그는 기억 속의 인물로 변할 것이고…… 아, 안돼, 안돼! 난 절대로 이런 함정에 빠지지 않을 것이다. 즉, 내가 고안해낸 작중 인물과 내가 꾸며낸 화자와 내가 만들어낸 이야기의 함정에 빠지지 않을 것이다. 게다가 이런 생각은 고깃덩이의 이야기에서 파생된 것이 아니다.

고기는 사라지지 않았다. 그것은 단지 일련의 변형 과정을 겪었을 뿐이다. 우리 눈으로 볼 수 없고 우리 코로 냄새 맡을 수 없다고 해서 일련의 변화가 마무리 된 것이 아니다. 오히려 그것은 질적인 도약을 했다는 것을 의미한다. 그리고 그런 변화는 계속해서 다른 차원에서 이루어질 것이다. 내 의식의 차원과 내 기억의 차원, 또한 내 의지의 차원에서 그것은 나를 변형시키고, 내 마음을 결정지으며, 내 미래의 향방을 규정할 것이다.

오늘 이후 나는 바로 이 순간에 결정한 대로 살아나갈 것이다. 나는 매력적인 멍청이가 될 것이며, 새침장이가 될 것이고, 위선적인 여자가 될 것이다. 약간 주제 넘는 짓일지는 몰라도 이제부터 나는 이런 게임의 법칙을 따를 것이다. 내 남편은 마치 잔잔한 호수에 돌을 던지면 파문이 서서히 커지듯이 점차로 내 손아귀에 들어오게 될 것이고, 그런 사실을 깨닫는 순간 남편은 분개할 것이다. 그러면 그는 나를 장악하려고 몸부림칠 것이다. 만일 내가 그에게 양보해야 한다면, 나는 그를 경멸스럽게 대할 것이다. 그리고 만일 양보할 필요가 없다면, 나는 그를 용서할 수 없을지도 모른다.

만일 내가 또 다른 행동을 한다면, 그러니까 내가 저지른 실수를 용서해달라고 비는 전형적인 여성처럼 행동한다면, 내 상대자에게만 유리하게 작용할 것이다. 또한 나는 여성이라는 핸디캡과 싸울 것이다. 여자가 요리를 해야만 한다는 것은 겉으로 보기에 패배로 운명지어진 것이지만, 실질적으로 많은 시간이 흐른 후에는 승리를 보장한다. 이것이 바로 보잘것없는 우리 조상들이 택했던 길이다. 그녀들은 동의한다는 말 이외에는 입을 열지 않았지만, 결국 남편들이 여자들의 가장 비합리적인 변덕에도 복종하도록 했던 것이다. 요리법은 오래된 것이고, 따라서 이미 그 효과는 검증된 것이다. 만일 내가 아직도 그것을 의심하고 있다면, 가장 가까운 이웃집 여자들에게 물어보는 것만으로도 충분히 알 수 있을 것이다. 그녀들은 이런 내 확신이 틀림없다는 사실을 확인해줄 것이다.

그러나 내가 이렇게까지 행동해야만 한다는 사실은 정말로 역겹기 그지없다. 이런 말들은 현재의 나뿐만 아니라, 예전의 나에게도 적용될 수 없다. 그 어떤 것도 나의 내면의 진실에 해당하지 않으며 내 진정한 마음을 지켜주는 것도 아니다. 둘 중의 하나를 선택해서, 이것이 대다수 사람들이 받아들이는 일반적인 것이며 모든 사람들이 분명하다고 확신하고 있는 것이라는 이유로 받아들여야만 하는 것일까? 이렇게 묻는 건 내가 '이상한 동물'이기 때문은 아니다. 물론 나에 관해서는 판들이 화나 수녀에게 말했던 것을 그대로 적용시킬 수 있다. 즉, 너무나 신중히 생각하는 신경 쇠약자의 부류에 속한다고 말이다. 사실 이렇게 진단하는 것은 매우 쉽지만, 이런 주장을 받아들이면 어떤 결과가 생길까?

만일 내가 오늘 일어난 사건들을 고집스럽게 이야기한다면, 남편은 나를 이상한 눈으로 쳐다볼 것이고, 나와 함께 있는 것을 거북하다고 느낄 것이다. 그리고 나를 미친년 취급할지도 모른다는 계속되는 불안감 속에서 살아가게 될 것이다.

그러나 남편이 나와 함께 산다는 것은 이제 더 이상 문제가 될 수 없다. 그는 어떤 종류의 문제도 원치 않는다. 내가 제시하게 될 추상적이거나 불합리한 문제는 더욱이 원치 않는다. 그가 원하는 가정은 인생의 폭풍에서 빠져나와 편안한 안식처가 될 수 있는 잔잔한 호수다. 나는 그런 것에 동의한다. 그래서 나는 그의 청혼을 수락했으며, 부부 관계의 조화를 위해 내 자신을 희생할 각오까지 하고 있었다. 하지만 내 자신을 완전히 포기하고 희생하는 것은 고상한 경우나 중요한 결정을 하는 순간, 혹은 결정적인 순간에만 필요하다는 것이라는 사실을 알고 있다. 우스꽝스럽기 그지없는 이런 무의미한 일이 일어난 오늘 같은 날 해야 할 것은 아니었다. 그러나 아직은……

틈 새

La grieta

크리스티나 페리 로시

남자는 지하철 환승 통로의 계단을 올라가면서 잠시 머뭇거렸다. 그는 순간적으로 자기가 올라가고 있는 것인지 아니면 내려가는 것인지 의심이 들었다. 그래서 계속 가야 할지 아니면 그곳에 머물러 있어야 할지, 좀더 정확히 말하면 앞으로 나아가야 할지 아니면 뒤로 돌아가야 할지 몰랐던 것이다. 이렇게 우물쭈물하는 사이에 그의 주위에는 일대 소란이 벌어졌다. 빽빽이 줄을 지어 그를 뒤따라오던 사람들이 어찌할 바를 모르고 줄을 이탈하면서 혼비백산하여 흩어졌던 것이다. 당황한 사람들은 서로 뒤엉켜 부딪치면서 넘어졌고,

크리스티나 페리 로시 Cristina Peri Rossi(우루과이, 1941~): 현대 라틴아메리카 소설을 대표하는 여류 작가. 1941년 우루과이의 몬테비데오에서 출생. 1970년 스페인으로 망명하여 현재 그곳에 체류중. 소설 『광인들의 배』(1984), 『고독한 남자』(1988)를 비롯하여 『사촌들의 책』(1970), 『쓸모 없는 노력의 박물관』(1983) 등의 작품집이 있음.

날씬한 아가씨들은 비명 소리를 질렀으며, 어린 학생들은 밑에 깔렸고, 어느 늙은 대머리 아저씨는 가발이 벗겨졌으며, 멋쟁이 할머니는 틀니가 빠져버렸다. 또한 어느 행상꾼이 지하철 안에서 팔려고 가져온 가짜 금목걸이 가방이 떨어져 사방이 금으로 치장되기도 했으며, 어떤 사람은 이런 소란을 틈타 가판대에서 주간지를 한 권 슬쩍 하기도 했다. 그리고 강간하려는 시도도 있었고, 어떤 시계는 손목에서 떨어져나와 공중으로 치솟았고, 몇몇 여자들은 자기도 모르게 가방을 바꿔들기도 했다.

이 소동이 진정된 후 남자는 체포되어 공공질서를 어지럽혔다는 죄목으로 기소되었다. 하지만 남자도 자신이 저지른 경거망동의 희생양이었다. 그 역시도 이런 소란 속에서 앞니가 부러졌던 것이다. 사건 당시에 남자는 밤낮으로 환하게 불이 켜진 25미터 환승 통로에서 잠시 머뭇거렸으며, 당시 열다섯번째 줄의 세번째에 있었다는 것이 확인되었다. 그 위치는 계단을 오르고 내리는 특정 순간에 특정 위치에 반드시 있어야 된다고 지정된 곳이었다.

심문이 시작된 때는 11월의 차갑고 습습한 어느 날 오후였다. 남자는 도대체 지금이 어느 계절인지 가르쳐달라고 부탁했다. 순간적인 머뭇거림으로 이런 사고가 유발되어 구속된 이후, 세상에 대한 그의 생각도 불확실한 시기를 거닐고 있었기 때문이었다.

그러자 아주 우습고 경멸스럽다는 듯이 심문관이 대답했다.

"물론 지금은 겨울이지요."

"당신 기분을 상하게 할 의도는 전혀 없었습니다."

남자는 공손하게 대답하고는 이렇게 덧붙였다.

"정말이지 제 의문에 답을 주셔서 어떻게 감사드릴지 모르겠네요."

남자는 심문관에게 진심에서 우러나오는 말을 했다.

그 말을 듣고 심문관은 본론으로 들어가려고 했다.

"자, 겨울은 겨울이고, 그런데 왜 당신이 이런 불미스런 사건을 저질렀는지 자세히 설명해보시오."

남자는 푸른 벽을 이리저리 둘러보았다. 건물에 들어올 때에는 분명히 회색으로 보였다. 하지만 어느 순간에라도 푸른색이 실제로 회색으로 변할 수 있는 마술이 존재하지 않는한, 수많은 것들이 그렇듯이 건물은 겉모양만 회색이었던 것이다. 현실이 이런데 그 누가 우리에게 닥칠 미래의 순간을 점칠 수 있을까?

"곧 말씀드리겠습니다."

그는 목청을 가다듬었다. 물이 마시고 싶었지만, 그 어느곳에도 물컵은 없었다. 그는 물을 달라고 하는 것이 눈치 없는 짓이라고 생각했다. 아마 아무것도 달라고 하지 않는 편이 나을 것 같았다. 심지어 이해를 구하는 것도 원하지 않는 것이 좋다고 생각했다. 아무것도 걸려 있지 않은 벌거벗은 벽에는 창문도 없었다. 방은 직사각형이었지만 매우 좁아 보였다.

심문관은 약간 화난 듯이 보였다. 그렇게 보일 뿐이었다. 하기야 그렇게 보이지 않는 심문관은 여태껏 본 적이 없었다. 직업상 그렇게 변해버린 것이든지, 아니면 그런 일을 하려면 반드시 가져야 하는 나쁜 습성인 것 같기도 했다.

남자가 말했다.

"갑자기 계속 길을 가야 할지, 아니면 멈추어야 할지 갈피를 잡지 못했습니다. 저도 이것이 이상한 행동이라는 것은 잘 알고 있습니다. 계단을 오르내릴 때, 이런 종류의 생각을 한다는 것은 이상한 일입니다. 아니, 다른 일을 할 때에도 마찬가지일 것입니다."

"당신은 어떤 계단에 있었소?"

관리는 차가운 표정을 지으며 노련한 말투로 물었다.

"정확히는 알 수 없습니다."

남자는 솔직히 대답했다. 그러나 이내 그는 자기가 말을 실수했다는 것을 깨닫고 변명을 하려고 했다.

"누군가가 알고 있을 겁니다. 항상 계단을 세는 사람이 있거든요. 올라가든지, 내려가든지 말입니다."

"당신은 내려가고 있었소? 아니면 올라가고 있었소?"

"머뭇거렸을 뿐입니다. 정말 잠시 머뭇거린 것뿐입니다."

갑자기 그는 다시 눈을 푸른 벽면으로 돌렸고, 그곳에서 조그만 틈새를 발견했다. 거의 별볼일 없는 틈새였다. 그게 전부터 있었는지, 그러니까 벽을 처음 보았을 때부터 있었던 것인지, 아니면 바로 그 순간 생긴 것인지는 알 수 없었다. 벽이 회색이건 푸른색이건, 틀림없이 그에게 아무런 틈새 없이 완벽하게 보였던 적이 있었다. 그러니 그가 이 조그만 틈이 언제 생겼는지 어떻게 알 수 있겠는가? 어쨌거나 그것이 이전에 생긴 것인지 아니면 지금 생긴 것인지 생각하지 않고 그냥 지나칠 수는 없었다. 그는 그런 사실을 알아내려고 벽을 뚫어지게 바라보았다.

"다시 묻겠소."

관리는 무뚝뚝한 목소리로 말했다. 그는 인내심을 잃지 않은 채 아이를 다루듯이 수사를 진행해야만 했다. 바로 경험 많은 수사관들이 이렇게 가르친 것이었다. 이것은 옛날 방식이었지만, 매우 효과적이었다. 반복이란 파괴를 통해 성공을 이루는 작업이다. 이런 점에서 반복한다는 것은 파괴하는 것이다.

"어느 계단에 있었소?"

이제 틈새가 조금 더 커진 것 같았다. 하지만 이것이 실제로 커진 것인지, 착시 현상 때문인지는 알 수 없었다. 남자는 마음속으로 말했다.

'어쨌거나 어느 순간에 커진 거야. 그러니 주의 깊게 살펴

봐야 돼. 아니, 그럴 필요가 없을지도 모르지.'

남자는 이렇게 생각하며 대답했다.

"정확히는 모르겠습니다. 그런데 이 방에 착시 현상을 일으키게 하는 장치가 있나요?"

관리는 이런 뜻밖의 질문에도 전혀 놀라지 않은 것 같았다. 사실 심문관들은 아무것에도 놀라지 않으며, 또한 바로 이런 것이 그들 임무의 일부분이다.

"아니오, 없소."

그는 아무런 감정의 동요 없이 대답했다.

"당신은 올라오고 있었소? 아니면 내려가고 있었소?"

"누군가 아는 사람이 있을 겁니다."

남자는 벽을 뚫어지게 바라보면서 대답했다. 그러자 틈이 바로 그 순간 커졌을 가능성도 있다고 생각했다. 벽은 암세포가 번지듯이 푸른 벽의 어두운 부분 속에서 아무 소리 없이 커져가고 있을 수도 있었다.

"왜 당신은 모른다는 거요?"

다시 관리가 질문했다.

"순식간에 일어난 일입니다."

남자는 큰 소리로 대답했지만, 분명히 관리를 향해 말한 것은 아니었다. 그는 정확하게 당시의 상황을 설명하려고 했다.

이제 벽에 생긴 틈은 아무런 악의도 품지 않은 듯이 보였지만, 틀림없이 그건 위장전술이었다.

"내려가든 올라가든 그건 별문제가 아니라고 생각합니다. 앞에 계단이 있었고, 뒤에도 계단이 있었습니다. 사람이 너무 많아서 계단 모서리에 발을 딛지 않고는 볼 수가 없었습니다. 정말로 사람이 많았습니다. 아무런 생각 없이 막연한 마음으로 저는 군중의 일부가 되었던 것입니다. 나는 매일 자동적으로 그런 행동을 반복하고 있었습니다."

"올라가고 있었소? 아니면 내려가고 있었소?"

심문관은 인내심을 갖고 반복해 물었지만, 그런 인내심은 틀에 박힌 것이었다. 남자는 이것이 아무런 의미도 없는 친절이며, 단순히 심문관의 의무임을 깨달았다. 그런 인내심은 누군가에게 특별히 관심을 둔다는 것이 아니라, 단지 직업적인 습관일 뿐이었다. 아주 훌륭한 습관이라고 말할 수도 없는 그런 것이었다.

남자가 말했다.

"그건 동시에 오르고 내리는 계단이었어요. 그것은 사전에 선택한 결정으로 좌우되는 것이지요. 층계는 모두 똑같아요. 시멘트로 되어 있으며, 모두 회색이고, 모두 동일한 크기지요. 저는 잠시 머뭇거렸습니다. 그곳 계단 한가운데서 말입니다. 앞뒤에 수많은 사람이 있었지요. 하지만 난 내가 올라가고 있는지, 아니면 내려가고 있는지 알지 못했습니다. 당신이 이런 조그만 의심이 무엇을 의미하는지 알 수 있을까

모르겠습니다. 그건 일종의 마음의 동요였습니다. 내가 올라
가고 있는지 아니면 내려가고 있는지 잠깐 생각에 잠기다가
머뭇거린 것입니다. 좌우간 그 당시 나는 어떻게 해야 할지
를 몰랐습니다. 내 오른쪽 발은 잠시 허공에 떠 있었지요. 그
때 나는 그 행동이 얼마나 중요한지 깨달았습니다. 내가 어
느 방향으로 가고 있는지 알지 못하고는 그 발을 계단에 내
려놓을 수 없었습니다. 그래서 이런 의구심을 해결해야 했던
것입니다."

　벽에 있는 틈새는 이제 조그만 동전 크기만해져 있었다.
하지만 바로 그 전에는 바늘구멍만 했었다. 혹시 전에는 그
틈의 진짜 크기를 제대로 평가하지 못했던 것일까? 현실을
감지하기 어렵다는 사실은 시간의 개념에 바탕을 두고 있다,
라고 그는 생각했다. 만일 시간이 연속적인 것이 아니라면,
그것은 순간만을 제외하고는 그 어떤 현실도 없다는 것을 확
증하는 것과 다름없다. 바로 순간의 문제였다. 바로 그가 올
라가야 할지, 아니면 내려가야 할지 모르던 그것은 순간의
문제였으며, 발을 어느 계단에 내려놓아야 할지 모르던 그것
도 순간의 문제였다. 이제는 틈새 위로 구불대는 선이 희미
하게 보인다. 아래서 보면 아주 가느다란 선이 위로 올라가
고 있는 모습이었고, 위에서 보면 내려가는 모양을 하고 있
었다. 이번 경우는 눈이 어느 위치에 있느냐에 따라서 위, 아
래의 방향이 결정되고 있었다.

이번에는 관리가 부드럽고 다정하게 말했다.

"당신이 말하는 사건이 있기 바로 전에, 당신이 계단을 올라가고 있었는지, 아니면 내려가고 있었는지 기억이 납니까?"

"참으로 이상한 것은 똑같은 것이 올라가는 데도 사용되고 내려가는 데도 사용된다는 것입니다. 사실 두 행동은 완전히 정반대의 것인데 말이에요."

남자는 큰 소리로 이렇게 생각하며 말하고 있었다.

"계단 한가운데는 몹시 닳아 있어요. 바로 우리가 발을 놓는 곳 말이에요. 올라가는 사람뿐만 아니라 내려가는 사람도 그곳에 발을 놓지요. 나는 내가 그곳에 발을 놓으면, 그 홈이 더 커질 것이라고 생각했어요."

남자는 잠시 쉬더니 계속해서 말했다.

"그리고 내가 머뭇거리기 바로 전의 상황은…… 전혀 기억이 나질 않아요. 기억이 왔다갔다하더니, 사라지고 말았어요. 기억하려고 했지만 아무 소용도 없었어요. 그래서 나는 지하에서 옴짝달싹 못한 채 있었던 거예요."

그러자 관리는 힘있게 말했다.

"당신의 전력(前歷)을 보면, 기억상실증에 걸린 적이 전혀 없소. 그런 틈을 가졌다니 그건 뜻밖이오."

가느다란 선은 이제 벽을 향해 올라가고 있었다. 하지만 그가 있는 곳에서는 제대로 보이지 않았다. 그래서 그는 계속 주의 깊게 지켜보아야 할 것이라고 생각했다. 우리가 생각의 늪에 빠질 때면, 단지 추상 작용을 통해 흐르는 개울물이 우리를 수원(水源)으로 데려가는 것인지, 아니면 강물이 모이는 곳으로 데려가는지를 알게 된다. 또한 시작하는 곳으로 데려가는 것인지, 아니면 끝나는 곳으로 데려가는 것인지와 같은 것도 마찬가지로 추상 작용을 통해 가능할 뿐이다.

관리는 다시 처음에 했던 질문을 던졌다.

"사고가 나기 전에 당신은 올라가고 있었소? 아니면 내려가고 있었소?"

"그건 순간적인 머뭇거림이었습니다. 올라갔느냐고요? 내려갔느냐고요? 계단을 밟으려는 순간 발은 허공에 떠 있었습니다. 그리고는 전혀 알 수 없었어요. 이런 행동 속에 극적인 순간 따위는 없었습니다. 단지 마음의 동요만 있었을 뿐입니다. 계단을 디딘다는 것은 결정적인 행동을 한다는 것이었죠. 나는 몇 분 간 발을 허공에 두고 있었습니다. 그것은 굉장히 불편한 자세였습니다. 하지만 결정을 내리는 것보다는 훨씬 편했습니다."

"어떤 종류의 머뭇거림이었소?"

관리는 이제 화가 난 듯이 물었다. 그는 피곤해 있었다. 아니 전술을 바꾼 것인지도 몰랐다. 틈은 점점 번져나가고 있었다. 완전한 사람은 아무도 없다. 그래서 이런 번짐이 어느 장소로 가는지 아무도 알 수 없었다.

"순간적인 의심이 들어서 행동하지 못했던 겁니다."

남자는 드디어 고백했다.

"저는 기다리는 것이 더 좋을 것이라고 생각했습니다. 다리가 전혀 당혹해 하지 않고 본래의 행동으로 되돌아갈 수 있도록 기다리는 것 말입니다. 다리가 제게 솔직히 말할 수 없는 질문을 하지 않도록 말입니다."

"어떤 종류의 머뭇거림이었소?"

관리는 다시 화가 나 물었다.

"파생성 머뭇거림입니다. G등급이죠. 위험한 종류로 분류됩니다. 그러니 목록을 참조할 필요는 없을 겁니다."

남자는 드디어 항복하고는 계속해서 이렇게 말했다.

"파생성 머뭇거림이었습니다. 생물 분류를 할 때 목(目)에서 과(科)가 나오고 과에서 속(屬)으로 나누어지는 것처럼 말입니다. 이런 파생성은 계단을 올라가든지 내려가는 것을 알려고 하지 않습니다. 이런 것은 중요하지 않으며, 아무런 의미도 없습니다. 계단을 내려가건 올라가건간에 항상 앞뒤에는 많은 사람들이 있습니다. 그때 머뭇거리면 뒤따라오던 사람들이 무의식중에 서로 부딪치고, 소리 지르는 사람도 있으며, 모두가 무슨 일이냐고 묻고, 사이렌 소리가 들리며, 벽이 진동하면서 틈이 생기고, 아이들은 울음을 터뜨리며, 아가씨들은 옷단추와 우산을 잃어버리고, 수사관들이 모이며, 심문관들이 어떤 부당한 행위가 있었는지 수사합니다. 이렇게 보잘것없는 흠이 파생되어 물고기처럼 크게 늘어나는 것입니다. 이제 담배 한 대만 주시겠습니까?"

탱 고
Tango

루이사 발렌수엘라

내게 말했다.

"이 술집에서는 카운터 가까운 곳에 앉도록 해. 계산대에서 그리 멀지 않은 왼쪽에 앉는 게 좋아. 그리고 반드시 포도주를 마셔. 그것보다 더 센 걸 마시면 안돼. 그런 건 여자들에게 어울리지 않거든. 맥주도 마시지 마. 맥주를 마시면 오줌이 마렵고, 오줌누러 간다는 것은 고상한 여자들에게 걸맞지

루이사 발렌수엘라 Luisa Valenzuela(아르헨티나, 1938~): 이사벨 아옌데, 크리스티나 페리 로시와 함께 현대 라틴아메리카 문학을 이끄는 대표적인 여류 작가. 10대 후반부터 호르헤 루이스 보르헤스와 함께 국립 도서관에서 일하며 작품을 쓰기 시작했음. 1966년에 첫 소설 『웃어야만 합니다』를 출판했으며, 이후 미국의 컬럼비아 대학에서 강의함. 소설로는 『일 잘하는 고양이』(1972), 『전쟁 때처럼』(1977)이 있으며, 단편집으로 『이교도』(1967), 『이곳에서는 이상한 일들만 일어난다』(1975), 『도마뱀 꼬리』(1982), 『대칭』(1993) 등이 있음.

않아. 이 동네에서는 어떤 청년이 화장실에서 나오는 애인을 보고는 그대로 차버렸다는 소문이 자자하거든. '난 그녀가 동화 속의 공주처럼 육체는 없고 순전히 영혼만 있는 여인이라고 생각했어.' 라고 그 청년은 주장했어. 그래서 여자 애인은 성인들에게 옷을 입혀주는 존재가 되고 말았어. 그러니까 이 말은 이 동네에서는 고독 속에서 혼자 산다는 뜻으로 아직도 쓰이고 있어. 아주 좋지 않은 말이지. 여기서 원하는 여자란 어떤 여잔지 너도 쉽게 알 수 있을 거야."

나는 혼자 다닌다. 주중에는 이렇게 혼자 다니는 게 아무렇지도 않지만, 토요일만 되면 나를 꼭 껴안아주는 누군가와 함께 있고 싶다. 그래서 나는 탱고를 춘다.

나는 하이힐과 꼭 달라붙는 치마를 입고 머리칼을 뒤로 넘긴 채, 혼신의 노력을 다해 탱고를 배웠다. 이제는 심지어 고풍스런 스타킹을 핸드백 속에 넣고 다니기도 한다. 그건 마치 내가 테니스 선수라면 테니스 라켓을 항상 갖고 다니는 것과 마찬가지다. 나는 핸드백 속에 스타킹을 갖고 다니며, 가끔씩 벤치 끝에 앉거나, 아니면 어떤 일 때문에 창구 앞에서 기다려야만 할 때, 아무 생각도 없이 무심코 그것을 만지작거린다. 나도 모르겠지만, 아마도 바로 그 순간 빌어먹을 직원이 잘난 척하면서 내 일을 처리해주는 것보다는 탱고를 출 수 있다고 생각하면서 위안을 삼기 때문인 것 같다.

나는 이 도시의 어느 장소에서는 시간을 막론하고 어두컴

컴한 불빛 아래서 춤을 출 수 있는 술집이 있을 것이라는 사실을 익히 알고 있다. 그곳에서는 밤인지 낮인지 구분할 수도 없고, 또한 아무도 밤인지 낮인지 개의치 않는다. 아랫배까지 감싸는 팬티 스타킹은 일거리를 찾느라 너무나 왔다갔다하는 바람에 늘어나버린 신발이 벗겨지지 않도록 하는 데에도 도움을 준다.

토요일 밤이면 나는 일만 빼고 아무것이나 찾아 헤맨다. 나는 친구들이 충고한 대로 카운터 근처의 테이블에 앉아 기다린다. 이 술집에서 가장 중요한 장소는 바로 카운터다. 친구들이 말해준 바에 의하면, 그곳에 앉아 있으면 화장실로 가는 남자들의 리스트를 일일이 작성할 수 있기 때문이다. 남자들은 그런 자유라도 마음대로 누릴 수 있다. 그들이 세상의 짐을 모두 짊어진 듯이 흔들거리는 화장실 문을 밀면, 순간적으로 암모니아 냄새가 우리의 코를 찌른다. 그런 다음 그들은 가벼워진 몸으로 화장실에서 나와 다시 춤을 출 만반의 준비를 한다.

이제 나는 그 남자들 중의 하나와 춤을 추어야 할 때라는 사실을 안다. 그들 중 한 사람이 가볍게 머리를 흔들고, 나는 그것이 나를 선택했다는 표시임을 알아챈다. 나는 그런 초대를 쉽게 알아 볼 수 있다. 내가 초대를 받아들이고자 할 때는 아주 조용히 미소를 짓는다. 그것은 내가 그의 초대를 승낙한다는 것이지만, 나는 자리에서 움직이지 않는다. 그럼 그 사람이 내게 다가올 것이고, 내게 손을 내밀 것이며, 우리는 스테이지 끝에 서로 마주보며 서게 될 것이다. 그리고 음악이 본격적으로 시작되면 반도네온〔아르헨티나 탱고에 빼놓을 수 없는 악기로 아코디온과 비슷하게 생겼음. 아코디온이 밝은 음색이라면, 반도네온은 애수를 머금은 어두운 음색이며, 이런 음색은 탱고의 특성을 이루는 데 결정적인 역할을 했다: 옮긴이 주〕소리가 커질 것이고, 그러면 이내 우리는 터지기 일보 직전의 순간에 있게 될 것이며, 의심의 여지없이 우리 마음이 하나가 되는 순간 그는 내 허리에 손을 올려놓을 것이고, 우리는 춤을 추기 시작할 것이다.

만일 춤곡이 밀롱가〔아르헨티나 탱고의 전신에 해당하는 2/4 박자의 무곡. 19세기 후반 쿠바에서 선원들에 의해 아르헨티나에 전해진 아바네라가 아프리카의 음악 칸돔베의 영향을 받아 본래의 우아함이 없어지고, 대신 강한 리듬과 빠른 템포를 곁들인 밀롱가를 낳게 되었다고 한다: 옮긴이 주〕라면 우리는 한껏 부푼 돛단배처럼 바람을 맞이하듯이 노를 젓지만, 탱고일 경우에는 힘껏 껴안고 서로 몸을 지탱한다. 그렇다고 스텝이 엉키는 것은 아니다. 지금의 내 파트너는 손가락으로 내 등을 치며 스텝을 가르쳐주는 데 일가견이 있는 사람이기 때문이다. 물론 새로운 리듬이 있고, 내가 모르는 노래도 있지만, 나는 즉흥적으로 그 노래에 맞게 춤을 추고, 심지어는 가끔씩 그것이 멋진 결과를 낳기도 한다. 나는 한쪽 발을 날렵하게 옮

178

직이면서, 오른쪽으로 몸을 기울인다. 그리고 필요 이상으로 다리를 벌리지 않는다. 그는 멋지게 스텝을 밟는다. 그러면 나는 그를 쫓아 춤을 춘다. 가끔씩 그가 가운뎃손가락으로 등을 가볍게 누를 때면 나는 스텝을 멈춘다. 이게 여자를 꼼짝못하게 하는 방법이지, 라고 탱고 선생은 말하곤 했다. 그러면서 스텝을 밟는 도중에 얼어붙은 것처럼 가만히 있어야 남자가 멋지게 끝을 장식한다고 말했다.

나는 정말이지 젖 먹던 힘까지 다해 열심히 배웠다. 이렇게 피날레를 장식하면 남자들은 다른 것을 하자고 은연중에 시사한다. 이게 바로 탱고의 참맛이다. 그리고 남자의 제의를 기꺼이 받아들이며 끝나는 것은 정말로 아름다운 일이다.

내 이름은 산드라지만, 이런 장소에서는 소냐라고 불리는 것을 더 좋아한다. 그래야만 밤새도록 아무 걱정 없이 오랫동안 춤을 출 수 있기 때문이다. 그러나 이곳에서 이름을 묻는 사람은 별로 없고 이름을 말해주는 사람도 찾아보기 힘들 뿐만 아니라, 서로 대화를 나누는 사람도 거의 없다. 몇몇 사람들은 그들이 춤추고 있는 음악을 들으며 마음속으로 웃지만, 항상 향수를 느끼며 과거를 그리워하는 것은 아니다. 우리 여자들 역시 비웃기도 하고 웃기도 한다. 나는 계속해서 춤을 추자고 할 때면 빙긋이 웃는다. 물론 우리 여자들은 입을 다물고 종종 다음 곡을 기다리면서 무대 한 가운데에 서서 웃기도 한다. 왜냐하면 탱고 음악은 무대 바닥에서부터 스며나오는 것이며, 우리의 발바닥에서부터 배어나는 것이기 때문이다. 그렇게 우리를 기쁨에 떨게 만들고 우리를 환희의 경지로 몰고 가는 것이 탱고다.

나는 사랑한다, 탱고를. 그래서 손가락으로 어떻게 스텝을 밟아야 하는지를 가르쳐주면서 나를 춤추게 만드는 파트너도 사랑한다.

우리 집까지 가려면 서른 블록 이상을 걸어야 하지만, 나는 개의치 않는다. 어떤 토요일에는 밀롱가를 추고 나서 나에게 버스비를 쓰지만, 그런 건 상관없다. 또 어떤 토요일에 우리가 천국의 소리라고 부르는 트럼펫 소리가 반도네온 소리보다 더 크게 날 때면, 나는 괜스레 기분이 좋아진다. 그럼 나는 듯이 춤을 춘다. 그리고 또 다른 토요일에는 스타킹을 신을 필요 없이 그냥 신발만 신고 가는 경우도 있다. 그것은 내 권리다. 그건 그럴 만한 이유가 있기 때문이다. 주중의 나날은 따분하게 지나간다. 나는 길가에서 나를 유혹하려는 바보 같은 소리들을 듣는다. 그런 말들은 어찌 보면 달콤하지만, 탱고의 가사와 비교해보면 너무나 형편없는 것들이다.

그러면 나는 바로 여기 이 순간, 무대를 내 것으로 만들기 위해 카운터 옆에 달라붙어서 나이든 점잖은 신사에게 약간 소심한 눈길을 주며 미소를 짓는다. 그들이 최고로 춤을 잘 추는 사람들이다. 그리고 누가 마음먹고 내게 춤을 청하는지를 살핀다. 그러자 왼쪽 기둥 뒤에 약간 모습이 가려진 사람이 고개를 끄덕인다. 너무도 희미하게 끄덕이기 때문에 마치 자기 어깨 위에 귀를 갖다대면서 무언가를 들으려는 자세다. 하지만 마음에 든다. 그 남자가 내 마음에 든다. 내가 솔직하게 그에게 미소를 짓자, 그때서야 그는 자리에서 일어나 내게 다가온다. 남자들에게 너무 과도한 용기를 요구할 수는 없다. 여기에 있는 그 누구도 면전에서 거절당할 일을 할 정도로 용기 있는 사람은 없으며, 또한 다른 사람들의 비웃는 시선 아래 아쉽다는 표정으로 자리로 돌아갈 수 있는 사람도 없다. 이 사람은 내가 춤을 출 것이라는 사실을 알고 성큼성큼 걸어서 내게 다가온다. 그러나 가까이 오자 나이가 많고 무뚝뚝한 표정이 별로 내 마음에 들지 않는다.

이곳을 지배하는 에티켓 때문에 나는 그의 청을 거절하는 무례함을 범할 수는 없다. 나는 자리에서 일어나고, 그는 나를 약간 후미진 무대의 한 구석으로 데려간다. 그러더니 그곳에서 나에게 말을 하는 게 아닌가! 한참 전에 추었던 그 남자와는 사뭇 다르다. 그는 내게 한마디도 건네지 않았다면서 미안하다고 말하기 위해 말을 걸었을 뿐이며, 자기는 춤추러 온 것이지 말을 하려고 온 것이 아니라고 말했다. 그게 마지막으로 입을 열고 한 말이었다. 그런데 이 사람은 일반적인 이야기를 하고, 그게 나를 감동시킨다. 그는 내게 자기와 춤을 춘 여자를 보았는지 물어보면서, 이 나라의 위기가 어떻다고 말해준다. 나는 그렇다고 말한다. 나는 그 창녀 같은 여자를 보았다고 말하지만, 이런 용어를 사용하지는 않고, 소냐라는 이름에 걸맞게 점잖고 세련되게 말한다. "예, 봤어요. 귀신 같은 여자 말이지요." 하지만 그는 내가 왜 이렇게 생각하는지 말하도록 놔두지 않는다. 그는 다음 곡을 추기 위해 내 허리를 붙잡는다. 이 사람은 내가 하고 싶은 말을 못하게 하는군, 이라고 나는 생각하면서 아무 말 없이 그에게 몸을 건넨다.

그런데 이번 탱고는 완전히 정신을 집중해야 하는 것이고, 우주의 비밀을 헤아리는 곡이다. 나도 크로셰 뜨개질 옷을 입은 여자가 하는 대로 할 수 있다. 그 뚱뚱한 여자는 흥겹게 종아리를 이리저리 돌리며 날렵하게 춤을 춘다. 그러면서 자기가 뚱뚱한 몸매라는 사실을 완전히 잊어버린다. 나는 그 뚱뚱한 여자가 희망의 색이라는 푸른색의 니트 옷을 입고 춤추면서 만족스러워하는 표정을 생각한다. 그것은 뚱뚱한 몸매에 대한 항변이거나, 아니면 아마도 뜨개질할 때 느끼는 만족감의 반영일 것이다. 푸짐한 몸매에 푸짐한 옷을 입고 춤을 추면서, 그런 옷을 자랑스럽게 보여줄 꿈을 꾸며 행복해 하는 얼굴이다. 나는 뜨개질을 못하고 춤도 뚱뚱한 여자처럼 잘 추지 못한다. 하지만 이 순간은 기적이 일어났는지 나도 그녀 못지않게 멋지게 춤을 춘다.

음악이 끝나자 내 파트너는 다시 나라의 위기가 어쩌느니 하면서 말하기 시작한다. 나는 얌전하게 그의 말을 듣지만 아무 대답도 하지 않는다. 내가 어느 정도 시간을 주자, 그는 이렇게 말한다.

"물가가 얼마나 올랐는지 아십니까? 경제도 형편없어졌습니다. 나는 두 아이들과 혼자 살고 있습니다. 전에는 여자들을 식당에 데려가서 음식을 사주고, 다음에 호텔로 데려갈 수도 있었습니다. 하지만 지금은 단지 여자들에게 아파트를 갖고 있으며, 그 아파트가 시내에 있느냐고 묻는 게 전부랍니다. 왜냐하면 내가 낼 수 있는 돈은 기껏해야 포도주 한 병과 닭 먹을 돈이 전부거든요."

나는 내 발을 날렵하고도 섬세하게 움직이게 했던 지난 파트너의 발을 기억한다. 또한 나는 행복해 하는 이 남자와 함께 있으면서, 마찬가지로 행복한 표정을 지을 뚱뚱한 여자를 생각한다. 심지어 나도 뜨개질을 배우는 것이 최고의 직업이 아닐까라는 생각도 한다.

"아파트는 없지만 시내 중심가의 하숙집에 방은 있어요. 아주 깨끗해요. 그릇도 있고, 수저 세트도 있고, 푸른 크리스털 술잔도 있어요. 아주 길고 멋진 포도주 잔이지요."

"푸른색이라고요? 그건 백포도주를 마시는 데 사용하죠."

"그래요, 백포도주를 마시는 거예요."

"미안해요, 하지만 난 백포도주는 건드리지도 않아요."

그러자 우리는 더 이상 춤을 추지 않고 헤어진다.

환상 문학이란 무엇인가?

라틴아메리카 문학을 공부하다 보면, 종종 "도대체 환상 문학이 무엇이냐?"라는 질문을 받는다. 20세기 후반 들어 라틴아메리카 문학이 전 세계에서 위용을 떨치면서, '환상 문학' 혹은 '마술적 사실주의'라는 말이 라틴아메리카 문학의 꼬리표처럼 붙어다니게 되었다. 그러나 라틴아메리카 환상 문학에 관한 질문을 받으면, 항상 대답하기가 망설여진다. 그도 그럴 것이 수많은 문학 작품이 환상 문학이라는 꼬리표를 달고 다니지만, 그것에 대한 이론적 연구는 지금까지도 진공 상태에 있기 때문이다.

이것은 환상성이 특정 범주 내에서 제한적으로 이루어지는 것이 아니라, 작가에 따라 자유롭게 이루어지고 있음을 뜻한다. 다시 말하자면, 체계적으로 이루어진 기존의 모든 문학 장르에 도전하여 파괴한다는 것이다. 이런 특징으로 문학이 '고갈된' 시대에 라틴아메리카 환상 소설은 포스트모더니즘의 원조이자 핵심을 이루는 것으로 간주되었기도 하며, 또 어떤 때는 '포스트콜로니얼리즘'이라는 거창한 용어로 설명되기도 했고, 네오마르크스주의자들은 포스트모더니즘을 비판하기 위해 라틴아메리카 환상 소설을 연구하기도 했다. 동일한 텍스트를 바탕으로 이런 모순적인 이론들이 나오는 이유는 무엇일까? 그것은 당대의 진리를 설명해주는 것 같은 이런 이론들은 시대가 지나가면 한낱 역사의 한 장으로만 남지만, 라틴아메리카 문학 작품들은 다양한 요소들을 통해 특정한 이론의 틀 속에 빠지지 않고, 아직도 우리에게 많은 것을 보여줄 수 있음을 의미한다.

이 선집은 라틴아메리카의 환상 문학에 초점을 맞추고 있다. 흔히 라틴아메리카 환상 소설 하면 우리는 가르시아 마르케스, 호르헤 루이스 보르헤스, 카를로스 푸엔테스, 마리오 바르가스 요사를 떠올린다. 그런데 이 선집에는 그들의 이름이 빠져 있다. 도대체 그들의 작품이 빠지고서 라틴아메리카 환상 문학 선집을 한다는 것이 가능할까? 아마 이런 의문은 이 책을 접하는 대부분의 독자들이 지닐지도 던질지도 모르는 질문일 것이다.

그러나 보르헤스를 제외하고 나머지 세 사람은 선집에 걸맞은 단편소설보다는 장편소설로 유명한 작가들이다. 물론 그들도 단편을 쓰긴 했지만, 그들에게 단편은 장편을 쓰기 위한 습작일 뿐이며, 오히려 그들의 환상성은 단편소설보다 장편소설에 보다 심도 있게 녹아들어 있다. 한편 보르헤스 작품의 경우는 국내에 많이 소개되어 있는 관계로 제외했다.

　우선 이 선집에는 미겔 카네의 「세이렌의 노래」, 루벤 다리오의 「아멜리아의 경우」, 오라시오 키로가의 「깃털 베개」가 수록되어 있다. 이 세 작품은 에드가 앨런 포의 영향을 보여주는 라틴아메리카의 초기 환상 소설에 속하며, 그 후에 본격적으로 선을 보이게 될 환상 문학의 선구자로 평가받는 작품들이다. 특히 「세이렌의 노래」와 「아멜리아의 경우」는 "시간은 우리에게 있어서 가장 무섭고 가장 중요한 문제다. 그것은 아마도 형이상학의 가장 생동적인 문제일 것이다"라는 보르헤스의 말을 확인시켜주는 작품이다. 또한 「깃털 베개」는 20세기초 최고의 중남미 단편으로 손꼽히며, 중남미 환상 문학의 기틀을 마련해주었다고 평가되는 작품이다.

　한편 마리아 루이사 봄발의 「나무」는 1939년에 발표되었지만, 그 동안 묻혀 있다가 1970년대 들어 조명받기 시작한 작품이다. 보르헤스의 작품과 더불어 라틴아메리카 환상 문학뿐만 아니라 초기 페미니즘 문학의 선구자로 평가되고 있는 작품이다. 이 작품에서 콘서트는 처음부터 구조적 틀로 작용하면서, 현실에 대한 직관적이고 감각적인 접근을 가능케 한다. 이 작품의 주인공인 브리히다는 콘서트를 듣는 동안, 모차르트, 베토벤, 쇼팽 음악의 기술적인 면에는 관심을 보이지 않고, 그 음악이 야기한 감각을 느끼는 데 전념한다. 기억과 음악이 서로 연결되면서, 달콤한 선율의 모차르트는 그녀에게 어린 시절을 회상하게 만들며, 열정적인 베토벤의 음악은 결혼 후의 생활과 그녀가 사랑싸움에서 승리하는 것을 떠올리게 한다. 또한 쇼팽의 멜로디에서 그녀는 자기 남편을 버리는 것이 진정한 사랑을 찾고자 염원하는 자유 행위라고 생각한다.

『모렐의 발명』으로 세계적으로 이름을 떨친 아돌포 비오이 카사레스는 「파울리나를 기리며」에서 사랑의 문제와 환상을 접목시키고 있다. 비오이 카사레스는 차가운 상상력을 구사한다는 점에서 보르헤스의 작품과 일맥상통한다. 보르헤스가 환상적 차원에서 스토리텔링에 천부적인 소질을 보인 것과는 달리, 비오이 카사레스는 치밀한 작품 구조를 통해 독자들이 환상을 현실로 자연스럽게 받아들이도록 유도한다. 바로 이런 점 때문에 보르헤스는 그를 '환상 문학의 스승'이라고 평가하기도 한다. 한편 비오이 카사레스의 아내인 실비나 오캄포의「울리세스」는 신화적 요소로 가득 차 있다. 그러면서 사랑의 미약을 먹고 변신하고, 또 다시 변신하는 끝없는 순환의 고리를 보여준다.

환 룰포는 소설『페드로 파라모』와 작품집『불타는 평원』만 출판한 작가지만, 최소의 작품으로 최대의 명예를 거머쥔 라틴아메리카 문학의 대표자다.「우리에게 땅을 주었습니다」는 멕시코 혁명의 허상을 밝혀주는 작품으로 농지 개혁을 통해 농민에게 땅을 나누어주지만, 실상은 쓸모 없는 땅을 분배하고 있음을 밝혀준다. 이런 것을 우회적·환상적으로 표현하면서, 작가는 혁명의 가면 속에 숨겨져 있는 속셈을 파헤친다.

또한 단편 전문 작가인 환 호세 아레올라는「역무원」에서 '철도'로 상징되는 리얼리즘 상황을 점차로 와해시키면서 독자들을 환상의 세계로 이끈다. 그리고 이런 기법을 통해 작가는 멕시코 사회와 지도 계층을 강도 높게 비판하고 있다. 이 작품에는 '속임수'가 주요 주제로 등장하는데, 여기에는 철도 회사에 의해 기만당한 승객들, 철도 지도층에 의해 조종되는 시민들, 방향성을 상실한 인간들이 등장하면서 세상을 새로운 시각으로 바라본다.

홀리오 코르타사르의 「연속된 공원」은 장편(掌篇)에 속하는 짧은 작품이지만 현대 포스트모더니즘 문학을 논할 때 빠지지 않고 등장하는 걸작이다. 책을 읽으면서 책의 내용과 흡사하게 엇물려 전개되는 이 작품은 소위 '액자소설'의 기법뿐만 아니라 20세기를 마감하는 현대 글쓰기의 모든 것을 보여준다.

라틴아메리카의 대표적인 페미니즘 작가인 로사리오 카스테야노스의 「요리 강습」은 매우 특이한 작품이다. 버지니아 울프가 부엌을 반복적인 일만 하는 비생산적인 곳으로 여기면서 여자들이 가장 먼저 벗어나야 할 곳이라고 말한 것과는 달리, 카스테야노스는 이 작품에서 신혼 여행에서 돌아온 익명의 여성 화자를 통해 요리법과 성생활을 서로 연결시키면서 부엌도 창조적 공간이 될 수 있음을 보여준다. 가령 그녀는 스테이크를 기름에 튀기는 비교적 쉬운 요리를 하게 된다. 그러면서 그녀는 붉은 고깃덩이를 통해 자기가 첫 성경험을 했을 때 드러냈던 붉은 살을 연상한다. 또한 얼룩 하나 없는 깨끗하고 하얀 주방은 핏물이 떨어지는 고깃덩이와 결혼 첫날밤 침대에서 자신의 몸에서 떨어지고 있던 피와 중첩되어 전개된다. 이런 과정을 통해 그녀는 남성의 권위와 논리로 지배되는 세상에 의문을 던진다. 이 작품은 라우라 에

스키벨의 『달콤 쌉싸름한 초콜릿』과 이사벨 아옌데의 『아프로디테』를 비롯하여 라틴아메리카의 페미니즘을 작품 내에서 구현하고자 시도하는 많은 여성 작가들에게 영향을 끼치면서 그 중요성이 더욱 부각되고 있다.

크리스티나 페리 로시의 「틈새」는 현대인이 어느 날 갑자기 겪게 되는 조그만 틈새를 벽의 조그만 틈이 커다랗게 발전하는 것과 연결시키면서, 환상이 현실로 교차하는 과정을 블랙유머를 통해 구사한 작품이다. 한편 루이사 발렌수엘라의 「탱고」는 남성주의 춤의 대명사인 탱고를 통해 현대 아르헨티나 여성의 상황을 보여주면서, 남성주의처럼 보이는 탱고의 주도적인 역할은 파트너를 선정할 권리가 있는 여성임을 시사한다.

이렇듯 이 선집은 라틴아메리카의 환상 문학이 얼마나 다양하게 전개되는지 보여준다. 주제면에서 살펴볼 때 어떤 작품은 '순수 환상 문학'으로 불릴 수 있는 것이 있는가 하면, 또 어떤 것들은 환상을 현실 비판의 도구로 사용하기도 하고 라틴아메리카 페미니즘의 특성을 밝혀주기도 한다. 그리고 형식면에서는 초기의 환상 문학은 비교적 단순한 구조를 지니고 있지만, 1940년대 이후 라틴아메리카 현대 작가들이 쓴 작품은 실험적이거나 비교적 난해한 구조를 가지고 있다. 그러나 크리스티나 페리 로시와 루이사 발렌수엘라에서는 어려운 환상 구조가 독자들이 쉽게 읽을 수 있도록 발전되었을 뿐만 아니라, 강력한 사회 비판을 포함한 리얼리즘 구조와 접목되어 있음을 알 수 있다.

이 선집에 수록된 작가들은 사실 국내에 그리 많이 소개되어 있지는 않다. 그러나 분명한 것은 이 작가들이 단편소설의 대가들이며, 그들의 작품은 라틴아메리카뿐만 아니라 유럽 등지에서 활발히 연구되고 있다는 사실이다. 이들의 이름이 국내의 독자들에게 생소하게 들리는 것은 우리가 라틴아메리카의 문학을 수용할 때 주로 미국의 영향권 내에 있거나 서구의 문학 이론서에서 자주 언급되는 작가들만을 중점적으로 소개했음을 보여주는 한 단면이다. 이 선집은 종래의 이런 관습을 버리고, 환상 문학을 연구하는 데 있어서 실제로 라틴아메리카에서 읽히고 연구되는 작품을 중심으로 선정하려고 노력했다.

또한 이 선집에는 다섯 명이라는 비교적 많은 수의 여성 작가들의 작품이 수록되어 있다. 흔히 중남미 현대 소설이라고 불리는 '붐 소설'을 살펴보면, 여성 작가들이 전무한 실정이다. 그래서 많은 사람들은 '붐 소설'을 남성주의 문학이라고 비판하기도 한다. 하지만 1980년대말에 들어서면서 소설의 판도는 바뀌었고, 많은 여성 작가들이 여성의 현실과 환상의 문제를 훌륭하게 조화시킨 작품을 출판하면서 활발한 활동을 하고 있다. 이 작가들은 "남자들은 역사를 만들고 판도라의 딸들은 역사일 뿐"이라는 종래의 생각을 불식시키고, 라틴아메리카의 여자들도 남자들과 함께 역사를 만들 뿐만 아니라 역사 그 자체가 되어야 한다는 것을 지적하고 있다. 그러면서 여성 작가들은 남성 작가들과 더불어 환상적인 작품을 통해 더 나은 세계를 향해 나아가고 있는 것이다.

문지스펙트럼